САГА О ФЕНИКСОВОЈ СМРТИ

САГА О ФЕНИКСОВОЈ СМРТИ

Мозаички мултиарт роман у 42 сцене

Оливер Јанковић

Globland Books

Ко поседује време поседује моћ.
Аутор.

Ф — линија фабуле

Б — линија Београда

С — линија срца

ОФ — линија објаве Феникса

Антонио Вивалди — Годишња доба — Пролеће

Лежали су на прљавом шљунку тик уз језеро. Далеким хоризонтом, тик испод белих облачића, неприметно и тихо клизила је 1983. година. Небојша би се понекад усправио и хитнуо камен у воду. После једног пригушеног „плоп", воденим огледалом би почели да се шире кругови.

— Јуче сам дипломирао — Небојша полако превали преко усана, док је сунце наранџасто и титраво крварило у језерској води. Предвечерњи крици птица секли су прохладни ваздух који је воњао на устајалу воду и језерско биље.

— Па то је супер! Честитам! — Паби му чврсто стисну шаку. — И шта ћеш сад?! Дипломирани филозоф, није мала ствар.

— Апсолутно не знам шта ћу... Уписао сам филозофију да бих нешто научио о свету, животу...

— Па јеси ли? — прекиде га Паби.

— Глава ми је препуна теорија, представа, аксиома... али, правог живота ту нема ни од корова. Природа је само декор. Још мање него мртва природа на сликарском платну. Ако изузмем старе Грке, цео филозофски свет је један стерилан „ex catedra" мехурић од сапунице. Једино што сам научио — то је да размишљам. С једне стране, то је врло много, ако нађеш праву тему за размишљање, а с друге стране, врло мало, ако не знаш о чему би размишљао.

— Тренутно размишљам о томе како ћемо прославити твоју диплому — озбиљно рече Паби, наместивши на лице израз тобожње дубоке медитације.

— Ех, јебиветре један — уздахну Небојша. — Само ти грлић флаше вири из очију.

— Боље и то него погурена фигура Имануела Канта — узвикну Паби дочаравши руком кривину филозофових леђа.

— Мислио сам на тај грлић... — Небојша посегну за торбом и извади пивску флашу затворену чепом од плуте.

— Зар да пијем пиво у овако важном моменту?! — Паби је изгледао истински увређен.

— Прво пиј а онда причај!

Отпивши велики гутљај Паби је изгледао као препорођен.

— *Хавана клуб*, лед и лимун! Пиће за одабране. Ех Куба, Куба. Нешто ми је говорило да ме ипак нећеш разочарати.

Отпивши дуг гутљај Небојша уздахну:

— Ти си срећан човек, Паби. Још увек те усрећују мале ствари. Ја сам то, нажалост, превазишао.

— Кад мало размислим — уозбиљи се Паби — ти и немаш неки посебан разлог за песимизам. Стари и стара су ти умрли, али су ти оставили два стана у Београду, од којих један издајеш. Ујка са села је богат, прискочи кад затреба. Имаш девојку, веза вам је озбиљна... завршио си факултет... Ето, узмимо мој пример. Матори су ми се толико везали за тај јебени Дојчланд, да неће да дођу овамо ни за годишњи одмор. Пара на пару иде. Мој брат у Немачкој и ја овде — ако не будемо одвећ растрошни нећемо морати ништа да радимо у животу. И, зашто бих ја, после свега, цепидлачио и закерао? Чекај! Заборавио сам да ти кажем. Јавио ми је да за неколико дана долази у Београд. Он је апсолвент, а ти дипл. филозоф — нафилозофираћете се до миле воље. Ја ћу за то време да запушим уши, да дељем карте и рибе.

— Попиј мало — подсмешљиво добаци Небојша. — Боље пијеш него што причаш.

— А најбоље, шта?

— Најбоље траћиш време...

— Е мој брале — уздахну Паби после великог гутљаја рума. — И то је уметност. Неко ни то не уме.

Свуда унаоколо млади сумрак је гутао језеро, острво и високе крошње дрвећа. Небојша баци још неколико шљунака у воду.

— Кажу да се вибрације сваког камена баченог у воду теоретски осете на целој земаљској кугли.

— Ма пусти... — промрмља Паби језиком олабављеним од рума. — Свашта људи причају. Ајмо... Осим ако нећеш да на овом камењару навучеш реуму или запаљење бешике.

В. А. Моцарт — Реквијем етернам

Свиленкасти сумрак брисао је чврсте контуре Неимара. Времешне куће су манирима матрона дизале сидра обрубљена алгама, шириле паучине својих тавана уместо једара и отискивале се пут неба.

Из дворишта су се оглашавале чесме капајући ситним бисерјем. Мирисало је на дрво и на свеже опране цигле.

Даљина је почела да жмирка очима првих светала, у почетку ретко — појединачно, а затим гушће — учесталије. Оштра, наранџаста линија ауто-пута пресецала је петљу на Аутокоманди.

Понеки трамвај прошао би лавиринтом шина и уздрмано грабио према Вождовцу.

Иза мрачне фасаде Ветеринарског факултета лагано су пуцкале кости на столовима за сецирање и отпуштале топлоту из себе. Срца у посудама с формалином почела су поново да пулсирају, прво невешто, стидљиво, већ заборављеним покретима, али убрзо их је ухватио правилан, познат ритам некадашњег живота.

Један аутобус, лакши од ноћног лептира пролеће преко моста. У њему путници једва отварају уста. Разговори. Мутни погледи. Питања. Одговори.

Једна лепотица црвених усана и беретке осмехује се и чудно се крсти песницом и палцем кратким, одсечним покретима на доле и у страну.

Нико од отупелих, укочених особа из аутобуса не може да гарантује да је жив, јер, што неки песник записа:

...у мени има само мало смрти
само мало, кол'ко и живота.

Кратка молитва је очитана, девојка их је означила симболом крста. Могу мирно поћи својим кућама и не приметивши да су мртви, заправо спремни за нови живот.

Кондорова балада

– перуанска народна мелодија

Бледило пролећног неба пресекао је боинг 727 и уз карактеристичан звук гума дотакао писту. Лет LH 616 Франкфурт — Београд био је завршен.

Ветар је мирисао на тек пропупело лишће. Млада трава поред писте предавала се његовом голицању.

После неког времена гомила путника теглећи своје велике кофере крете ка излазу из аеродромске зграде. Из групе се издвоји висок, смеђокос мушкарац кога је пратила витка црнка загасите пути. До њих се догега Паби, лица развученог у један огроман осмех и паде брату у загрљај.

— Е, Науме, јуначино! Хоћеш ли икад завршити с том науком? Баш су те стесале те немачке школе.

— Зато си ти здрав и дебео — узврати Наум.

Паби хтеде да се и девојци обисне око врата, али она коракну уназад и пружи му руку. Притом га одмери хладним погледом.

— Да ти представим моју сапутницу. Ово је Калиа, моја колегиница са студија. Она је Индијка, али, научила је од мене српски.

— Не баш много — додаде Калиа. — Драго ми је да сам вас упознала. Да ли је Паби ваше право име или?...

— То је последица једне велике љубави — загонетно рече Наум.

— Боље речено својевремене опсесије мог оца Паблом Пикасом — одмахну Паби руком, као да је хтео да одагна неку непријатну успомену. — Баш ми је драго што нећу морати с вама да размењујем пингпонг разговоре на кокни инглишу. Него, дајте те торбе. Идемо! Чека нас љута макина да нас одбаци у чељуст велеграда.

Дејвид Хамилтон — Балерина

(уметничка фотографија)

В. А. Моцарт — Мала ноћна музика

... Из угла велике собе пробијала се светлост пригушене лампе. Хладан камин бацао је свој рељефни одраз на мутну површину паркета.

Тела, разбацана вољом неке невидљиве руке, лежала су ту и тамо у групама, једна преко других, сама. Велике, беличасте површине коже одавале су свој мирис који се пео ка таваници окићеној димним драперијама. Руке и ноге биле су пребачене једне преко других, раширене, загрљене, тврдоглаво слободне. Груди су се равномерно подизале и спуштале, беласајући се на местима где су биле ослобођене тканине.

Опори звуци хеви метала одавно су замрли. Горан је полусвесно отворио очи. Осећао је нешто набубрело под образом. Опипао је прстима — женска брадавица. Тешке и масивне мисли, попут кугли, почеле су да му пролазе кроз главу која га је болела.

/... Убиствена журка... траве кол’ко ’оћеш. На све стране Џони с ледом... Одавно нисам био у оваквој гајби, његови маторци имају стила... Онда је почело да буде труба — групни стрип —

лињав штос. Ипак сам одвојио лепо парче... како рече да се зове... Април. Пристаје јој име. Није хтела у фотељи, ни у кади. Предлагала је да је повалим на дасци за пеглање... откаченица. Сигурно смо уништили табуре... добра ствар са точкићима — ко да си у возу. Викала је да је боле леђа... да сам побеснели наркић. Мало је вриштала, али то се тако слаже са хевијем... /

Ослонио се на лактове. Затресао двапут главом, али није престало. И даље су тихо одзвањали почетни тактови неке класичне музике. Бацио је поглед на прозоре. Шалони су били спуштени.

Из друге собе бешумно је упловила балерина. Била је заслепљујуће бела. Ситним корацима описала је круг по паркету. Горан је с неверицом посматрао њене затегнуте облине. Направила је неколико пируета у такту музике. Затим један скок, онда и други.

Горан се некако извукао из сплета тела и на лактовима почео да пузи према балерини. Чудио се како је лепо грађена. До сада је виђао само мршаве, кошчате балерине.

Она као да га није примећивала, потпуно посвећена сваком свом покрету. Направила је још неколико фигура, а онда се истим, ситним корацима вратила у собу из које је дошла.

Горан је допузао до пола собе кад је она изашла. Ускоро се ни музика више није чула. Мало је застао, а онда је наставио с пузањем. Одједном је тихо опсовао. Стакло. Низ подлактицу се слило неколико тамних капи крви. Дохватио је најближу чашу и њен садржај просуо по подлактици. Окренуо се и почео да пуже назад ка топлим телима.

До свитања је било још далеко...

Микеланђело Буонароти — Роб на самрти

— И, шта ћеш сад? — упита Јо извиривши иза штафелаја на коме је било овеће платно.

— Иста си као Паби. Запели „шта ћеш, па шта ћеш”. Осим акције у животу постоји и друга, не мање важна ствар, контемплација.

— Мислим да ли ћеш тражити посао. Можеш да предајеш филозофију у гимназијама, средњим школама...

— Не желим да намећем омладини нешто у шта ни сам одвећ не верујем.

— Види, види, „Критика чистог ума”, или тако нешто, како рече Кант.

— Не могу више, морам да се обучем.

Небојша обуче бадемантил и огрну џемпер. Седе на кауч, запали цигарету и повуче неколико дугачких димова.

— Јо, заиста мислим да лепо сликаш и да имаш талента. Ето, нашла си тезгицу и уваљујеш мушке актове том женском клубу у коме играју стрипери. Пристао сам да ти будем модел...

— На томе сам ти захвална. Зато те и сликам са израженим бицепсима, трицепсима и што је најважније са већим ђоком...

— Манимо се зезања. Ствар је озбиљна. Јесам ли ти предлагао да кад завршиш академију предајеш ликовно у школама?

— Ниси.

— И нећу. То је ствар властитог избора. Сам ћу одлучити да ли ћу и шта ћу сада да радим. Неисхитрено и неусиљено. Хвала Богу, имам од чега да живим.

— Добро, де... Нисам знала да си устао на леву ногу — опоро рече Јо и крену према купатилу. Кад се приближила вратима купатила натрћи се, подиже хаљину и показа Небојши голу задњицу.

— Ево ти, па се сликај! — повика и кикоћући се улете у купатило.

— Ма носите се у пизду материну и ти и Паби!... — процеди Небојша љутито. — Ово је прави брод лудака. — Дохвати пљоскицу с румом и потеже добар гутљај.

Ђорђе Крстић — Шума

Шетао је тек олисталим парком једног младог, пролећног јутра. Између њега и дрвећа, ваздуха, земље, неба, владала је скоро савршена хармонија и скоро савршено непоимање.

„Нисмо спознали суштину ничег што нас окружује. Само смо мењали, прилагођавали себи, лакомислено уништавали", помисли Небојша опчињен идиличношћу природе.

„А можда нам је тако суђено... можда је то једини могући начин. Човек је мислеће биће. Његова мисао, свест о себи и вечита запитаност над собом и над светом, терају га да се супротставља природи, а у томе му помаже делатни дух, амбиција. Спој свега тога даје човеку погубан осећај да је моћнији од природе, да је њен апсолутни господар. То га све више удаљава од ње и из тог удаљавања произилазе све човекове недаће, како духа, тако и тела."

На рукав му слете млади, неспретни гундељ. Пењао се по тканини преплићући ножицама. Онда одједном одлете према само њему знаном циљу. „Све ово би постојало и без нас, људи", сетно помисли Небојша. „Сви би били задовољнији — цела природа би била срећнија — а ми не би били изложени вечитим питањима и сумњама. Изучавајући филозофију, хтео сам да спознам суштину. Схватио сам, међутим, да нема универзалне суштине. Научио сам десетине и десетине теорија, хипотеза, аксиома. Сваки здраворазумски човек може имати неку хипотезу, теорију и она може бити једнако ваљана као и део учења великих филозофа — јер је и једно и друго једнако недоказиво. Филозофи, и то не сви, тек у својим најбољим делима досежу границе аксиома и самим тим добијају потврду о исправности свог учења. Филозофија је као река у којој стојимо и испирамо песак у потрази за зрнцима мудрости. Улов зависи од вештине, знања, искуства. Нико, па чак ни они највећи, не могу уловити све... Мислим да сам из те реке уловио премало...”

И, шта ћеш сад?, као да су га упитали зелени врхови дрвећа који су се повили ка њему. *Шта ћеш сад?*, заграјаше разбокорена лица жбунова.

Небојшино срце поче да удара као бесно. Унезверено погледа около и потрча куд га ноге носе. Недуго затим упаде у блато из кога очајнички покуша да се ишчупа, али тонуо је све више.

Пробудио се сав у зноју. Никако није могао да се одупре утиску да се и даље налази у живом блату. Упорна звоњава телефона мотала се око његовог још успаваног слуха.

— Ко је то тако рано?! — простења у слушалицу.

— Већ је десет — огласи се Паби из слушалице. — Ако си синоћ негде загинуо то је твој проблем. Дошао ми је брат из Немачке. Наврати вечерас да се упознаш са њим. Довео је и једну страшну рибу, али немој да наваљујеш на њу — има поглед хладнији од глечера.

— Добро, доћи ћу...

Питер Бројгел — Пад анђела

... Сузана је на још влажну кожу навукла бадемантил и узела чашу. Утонула је дубоко у нежан загрљај ћебади. Осећала је како се полако опушта. Мисли, до тада концентрисане на конкретне проблеме, почеле су слободно да се роје. Имала је фантастичан осећај да уместо вермута, леда и лимуна пије хладно, течно сребро.

Успомене су почеле да се нижу једна за другом, у завади са хронологијом, али је без обзира на то, свака од њих изазивала одређену емоцију.

Добро се сећала свог првог проласка Пастеровом улицом према Медицинском факултету. Сунце се тек подизало иза благог хрбата брда. Куће су имале укус и боју реског и здравог јесењег јутра. Помислила је, колико се десетина људи, у том тренутку иза болничких прозора опрашта са светом. Стресла се од те помисли. Затим су дошли ходници, нова лица, амфитеатри... Већ су почињала и предавања, а она није ни стигла да бар мало упозна тај примамљиви polis.

Са друге стране прозора њихових слушаоница котрљао се прави живот, а они су учили неке обимне и досадне ствари.

Танак осмех јој пређе преко лица: није знала да ли је имала толико среће, или је можда она сама форсирала срећу. Очев

пријатељ, који јој је на прилично загонетан начин помогао да
се упише на медицину, умро је после четири месеца. Знала је да
неће ништа урадити, ако не узме ствар у своје руке.

До краја другог семестра успела је да направи ранг-листу
професора по њиховој способности и важности. Постојао је
бржи — и за њу лакши начин да се заврше студије. Да се заврше и
да се остане у polisu. Одувек је знала да је Крушевац сувише мало
место за њу и да се тамо више неће враћати низашта на свету.

Младен јој је највише одговарао. Тек зашао у педесете године.
Отмен, сед и незнатно пуначак. Ишло је чак теже него што је
мислила, али не због тога што евентуално не би имала шансе код
њега. Био је прилично срамежљив и мек, а такав јој је и требао.
Тек касније је схватила да је његова снебивљивост произилазила
из зебње да се не открије њихова веза — али не на факултету,
јер тамо је то била сасвим обична ствар — него у кругу његове
породице и пријатеља.

Из њеног сећања изрони први сусрет. Били су сами у
Младеновом кабинету. Речи су наравно, биле само кулисе и зато
их није памтила. Консултације су се свеле на то да је Младен
погледом сивкастих очију миловао њено лице и опипавао тело. А
она је добро познавала и веровала у своје тело које је поседовало
снагу пантера и грациозност антилопе. Док је призивала ове
слике из прошлости десна рука јој је почивала на затегнутом
стомаку док је у левој држала цигарету.

На крају консултације, Младенови прсти су тобоже случајно
додирнули њену косу. Дошло јој је да се насмеје и каже му:
природно је плава.

Позвао је да дође и следећи пут на консултације. Знала је да
је положила тај први, неслужбени испит и да ће и званични део
студија проћи како треба.

„Лав, тек начет старошћу", помислила је још онда о Младену. Морала је да буде опрезна. Већ три недеље касније (што се ње тиче могло је и раније, али он је био веома заузет), нашли су се први пут у овом стану, који јој је касније поклонио. Тада је то била још једва намештена соба с великим креветом, столом, двема фотељама, без регала и телевизора.

Могла је и сад да осети тај први угриз на рамену док су јој се његови зуби нежно, али чврсто забадали у кожу. Мирисао је на дезодоранс и лосион за бријање, док је из одела избијао танушан, једва ухватљив мирис холандских дувана за лулу.

Гледао је као опчињен у њено протегљасто али не мршаво тело — тело пантера који се спрема на скок и наслућивао је негде испод коже оно друго тело — вижљасту антилопу што подрхтава... Давао је све од себе, бучан, ускоро и знојав, трудећи се да покаже „том детету", како ју је понекад касније ословљавао, да је још у пуној снази.

Касније је љубио у очи, нос, „дражесне уши" и постао је помало сетан. Вероватно су га обузимале слике из младости.

Присећала се тог првог сусрета с њим и увек загрејана, устрептала, није могла да не понови ужитак тог првог контакта с њим. Рука јој је клизила у спорим, слатким покретима, а груди су желеле да изађу на светлост младог, пролећног месеца.

Обузимала је дрхтавица, скоро грозница, док је непрестано мењала ритам. Надолазио је велики, чаробни талас, какав никад није могла да доживи, у свој његовој лепоти, у мушком загрљају.

Врућ, обилан грч, прелио ју је попут меда. Скупљала је косу, разбацану по јастуку и брисала ситне грашке зноја са чела. Сан је најзад могао да дође и затекне је смирену...

Федерико Фелини — Амаркорд

Јутарњи ветар је као и обично око седам сати направио инвентар пасажа. Успео је да својим покретљивим прстима дохвати прве пелене и поигра се њима, поневши даље топли мирис влаге и детерџента. Мувао се око кеса са ђубретом, прогонио папире од степеништа до капије, а када му је и то досадило залупио је Марков прозор, који је преко ноћи остао одшкринут.

После ветра су дошли голубови, заузели бусије на симсовима и крововима и чекали да отпочне велика гозба мрвицама и отпацима.

Ходници су већ почели да стружу под папучама ходочасника до заједничких клозета који су се налазили на десној страни унутрашњих тераса на оба спрата.

Сунце се задовољило само тиме да заслепи прозоре поткровља и полако се уклони. Знало је ту слику од раније: пролаз између две зграде, четири улаза, два ходника са оградама, попут откривених тераса, болесножута боја зидова, ољуштена врата, улубљени олуци и мали подрумски прозори прашњави као очни капци крмељивих патуљака. Све у свему — ништа занимљиво.

Затим су пасаж на јуриш освојили рески гласови школараца. Мачке и голубови су их заобилазили из даљине.

Овај жагор је био нека врста последњег позива оним најнеодлучнијим да се отисну у неизвесне воде наступајућег дана. Међу њих је спадала госпа Помпеја.

Она је сваког јутра устајала око пола осам, навлачила пењоар преко провидне спаваћице и прилазила прозору како би своје пуначко тело изложила ваздуху.

Међутим, станари из зграде преко пута нису дозволили да их њихова комшиница изненади. Пензионер Марко, који је становао на првом спрату, тачно преко пута госпа-Помпеје, већ је стајао на прозору са шеширом на глави, како би могао да јој љубазно отпоздрави на њено „добро јутро”.

/ Ех, да ми је да је једном шчепам отпозади… Ал’, ко зна да л’ бих још могао са овим ишијасом… /

Марко би је обично питао: „Како сте спавали?”, задржавајући најчешће поглед на широким, прилично размакнутим реверима пењоара.

/ … Јој како су добре!… /

— Ах, комшија, мучи ме несаница — одговарала је најчешће Помпеја.

На прозору изнад Марковог стајао је четрнаестогодишњи Радован. Он је, дакако, имао бољи преглед над пењоаром своје комшинице. Забарикадиран бочним зидом, кроз прозор би гурнуо само главу и врхове рамена. Он је госпоју чекао у својој позицији: откопчаног шлица.

Све више стежући своју устрепталу још врло младу мушкост, његов поглед је дубоко понирао у импровизовани деколте, а затим је прињао уз бокове његове средовечне комшинице.

/ … Још мало… Кад бих је стегао… Чини ми се удавио бих се у њој… Јој што нисам студент, па да сам њен подстанар… /

Госпа Помпеја се после минут-два повуче с прозора јер није желела да њене дражи девалвирају од дугог излагања погледима.

Немарним покретима намести брачни кревет а затим се пресвуче у лаку кућну хаљину која је пружала далеко мање од пењоара. Хаљина је истицала њену још увек не сувише заобљену линију и дакако све остало. То јој је било сасвим довољно јер је сад следио обилазак комшиница и узгредно поздрављање с њима.

/ Нек крепају од зависти маторе вештице... Све су увеле или се раскокале, ја још увек вртим мушкиће око малог прста... /

Успут је навратила у собу преко пута. Грци већ беху изашли. Сумњичаво је одмахнула главом. Скоро да уопште нису обраћали пажњу на њену замамну појаву. Ако је ишта могло да увреди ту госпу, то је било игнорисање њене сексипилности...

/ Да нису од оних... гузичара... Јадна ја. Још ко'лко сутра даћу им ногу. Не могу да крчмим част овог дома чак ни због тих њихових пишљивих долара. /

Затим се богиња пасажа грациозно, пазећи да јој не спадну папуче, спусти међу свет.

У осам прођоше Ромчићи, теглећи две хармонике. На тренутак су застали пред могућношћу — да отпевамо нешто овде? Ипак, све им је деловало исувише пусто и тако незаинтересовано за њихову уметност. Погледима су се договорили: правац Зелени венац.

Изгледало је да дан заиста може да почне...

Тицијан — Баханалије

Битлси — Жута подморница

Небојшу још с врата поплави бујица музике и жагора. У уском ходнику, препуном разбацаних јакни, мантила и огртача, који би с много маште могао добити назив „предсобље", дочека га Паби.

На његовом лицу развлачила се гримаса која је означавала притајено задовољство. „Док траје, нек траје", уобичајено је говорио у оваквим ситуацијама. Једном месечно овде се скупљало весело, углавном беспослено друштванце. Седељке су трајале до зоре, а понекад би се завршавале и општим „сексиендом" — како је волела да каже Пуслица, виђенија девојка из краја, иначе главна актерка оваквих „ендова".

Овога пута седељка је имала нешто друкчији карактер, јер је приређена у част Наумовог и Калииног доласка.

— Хајде, чекамо те. Јо је већ стигла — уњкаво изусти Паби.

По његовим водњикавим очима и хитрим покретима руку видело се да се он придржава властитог темпа седељке и троши пиће у брзом ритму.

У том тренутку се отворише црвена врата на којима је писало *emergency* и из клозета истетура Рахела — фарбана плавуша великих, опуштених груди.

— Гле, гле, Неле и Паби... лучићи моји — несигурним прстима их уштину за образе. — Шта чекате у овом црвљивом тунелу? Придружите се осталима.

Рахела стаде између њих, загрли их и повуче ка дневној соби. Небојши се учини да је малопре у клозету повраћала, јер се кроз јаки мирис неког неодређеног парфема пробијао киселкаст воњ.

Соба у коју су ушли беше веома велика, слабо осветљена, и бучна попут кошнице.

— Какве сам фрајере наватала, а?! — викну Рахела с врата.

Њен штос прође сасвим непримећено, јер двадесетак особа у соби беше заокупљено пићем, музиком или љубакањем. Тек неколико њих (углавном мушкараца) наређало се на поду пред двоседом на коме су седели Наум и Калиа. Тобоже су нешто дискутовали с Наумом, а заправо су погледом скидали одећу с тамнопуте лепотице. Она је деловала хладно и недодирљиво. Погледом је пратила једва приметне сенке на суседном зиду.

Пробивши се кроз поприлично густу димну завесу Небојша допре до табуреа на коме је медитирала Јо у јога положају са слушалицама на ушима. Овлаш је пољуби у образ и одмах настави ка двоседу. Неколицина момака пред двоседом изразише негодовање његовим доласком, али он, пољубивши Калии руку, седе поред Наума.

— Како иде?!

— Нисам навикнут на забаве овакве врсте! — узвикну Наум. — Осећам да ће ми данима трештати у глави, а одело ћу однети на хемијско чишћење. Кладим се да ће из њега извући један пристојан облак дима.

— Хајдемо на терасу! — предложи Небојша.

Док су младићи одмицали из собе, Паби муњевитим маневром заузе братово место на двоседу. То се никоме није допало — ни обожаваоцима с пода — а још мање самој Калии.

Она ошину Пабија тако леденим погледом, да би се од њега зацело претворио у краљевског пингвина, само да у телу није имао читаво језеро ватрене воде.

Са те високе, врачарске терасе, пред њима се простирао цео град — велика звер која спава. Тек ту и тамо затрептало би понеко светло, попут ока уморног ноћобдије. Неко време су ћутке пунили плућа тим лековитим пролећним ваздухом, а онда се машише цигарета и разговор крену сам од себе.

— Да ли си задовољан оним што си научио у престоници филозофије? — упита нагло Небојша.

— Ако под тим подразумеваш питање да ли сам задовољан филозофијом, морам ти рећи да нисам нарочито задовољан. Али, у Немачкој се филозофија не студира толико да би се нешто сазнало и научило, већ због престижа тих студија. Особито у Хајделбергу, то спада у традицију хајделбершке високе класе.

— Значи и ти увиђаш њен однос „ex catedra" према свему што није она сама?

— Види, Небојша, ја бих то посматрао на други начин. Филозофија је, условно речено, дефанзивна наука. Своју младост је подарила још старим Грцима, а максимум је остварила у деветнаестом веку у том истом Хајделбергу. Уосталом, филозофији се може приступити на разне начине.

— Интересантно становиште — климну главом Небојша. — Морам да признам да филозофију нисам никада посматрао са тог аспекта. Сасвим си у праву. Отуда произилази њена одвојеност од живота и природе и њена, како ти кажеш, „дефанзивност". Шта си хтео да кажеш о другачијем приступу?

— Наш професор, доктор Нежид, потиче из источног дела Немачке и има словенско порекло.

— Словен и Герман — дакле ујединио је у себи немачку мисао и словенски дух...

— Да, јако занимљива личност — настави Наум. — Он, дакле, води и један специјалан курс филозофије. Окупљамо се у његовој кући два-три пута недељно. Најчешће шетамо његовим вртом и дискутујемо...

— Као перипатетичари — са смешком додаде Небојша.

— Међутим, места и земље наших инструирања, како их зове Нежид, врло су различита. Једном смо на пола дана отишли у Норвешку да би били окружени фјордовима. Отишли смо и у Париз, да би на Ајфеловом торњу били ближи небу.

— То мора да је доста скупо?

— Не! Нежид пажљиво одабира своје ученике — обично их има око двадесетак из различитих земаља и сам плаћа све трошкове.

— Врло интересантно. Мораћеш да ми то детаљно испричаш сутра. Хајдемо сад унутра. Жив сам се смрзао.

— У праву си. Пред јутро је најхладније — насмеши се Наум. — Драго ми је да сам у овом граду нашао бар једну особу заинтересовану да утроши своје време на овакве разговоре.

Венера која плови у својој шкољци

— фреска из Помпеје

У пасажу су пили прву поподневну кафу. Беше уторак, а то је значило да госпа Помпеја мора провести тај део дана у стану — није желела да је Стипе затекне на дворишту или код госпа-Цане или баба-Маре.

Обично ју је затицао како листа неке женске часописе. (Неколико увек истих, старих бројева „Бурде" из касних седамдесетих.) Сматрала је да је то отмено и зато је уторком поподне обично раније обавила оних пар рутинских послова по кући, нашминкала се, обукла новију кућну хаљину и чекала.

Стипе беше несталан као и његов родни маестрал или југо, или тамо неки крас — Помпеја се у то није разумела, нити је то занимало. Њој је било важно да је он пензионер на гласу, а истини за вољу није био ни шкрт.

Зграбила је прљави комбинезон и ћушнула га у ормар чија су врата несносно шкрипала. Још једном је критички осмотрила читаву собу. Све је било на свом месту: уредно застрт брачни кревет, оронули сто, крпаре, две расклимане фотеље.

Већ је хтела да седне и узме један од часописа, кад је са степеништа зачула његове тешке кораке.

/ Боже ме опрости, као да има дрвену ногу. /

Стајао је на прагу: преплануо, кошчат, у плавичастом оделу којем је било тешко одредити када је и да ли је икад било у моди. На левом реверу му се кочоперила нека ислужена медаља.

— Здраво да си моја госпоја!

Поздрављао ју је увек исто и гледао да је притом уштине за образ или неку другу облину, у чему, хвала Богу, госпа Помпеја није оскудевала.

Узмицала је и брзо затварала врата за њим, иако је за Стипана знао читав комшилук. Посадила би га затим у фотељу и донела му већ скувану кафу и ракију.

— Читаш... — рекао би он тада, пошто би на столу угледао часописе. — Ако, нека... и моја покојна је волела да чита... Него ај' узми и ти једну.

У почетку би се нећкала, али је касније испијала на душак једну или две чашице. Већ одавно нису разговарали, а и о чему би? Добро су знали, како крупније проблеме, тако и ситнице, које су мучиле оно друго.

— Ето ја мало... да поспремим кућу — говорила је она, као успут мувајући се по соби, али не предалеко од фотеље у којој је он седео.

— Ако... нека... волим ја кад жена ради.

А волео је и да опипа жене кад раде по кући, па је његова кошчата шака често и дубоко залазила испод њене кућне хаљине. Ћутке му је склањала руку, тек да јој не смета у послу.

Кад би изгустирао кафу и искапио ракију, стегао би је чвршће, с обе руке.

— Е... баш си силовит — тепала му је задихано док ју је он гурао према кревету. Скинуо је сако и онако у ципелама пео се за њом на кревет. Помпеја се спустила на лактове и колена и даље нешто мрмљајући о његовој напасности, али већ сасвим помирљиво, као кокошка кад ћућори.

— Ас ти Госпе, да лепог ли гузишта! — узвикнуо би Стипе скоро увек кад јој је задизао кућну хаљину и скидао велике, чипкасте гаће, које је госпа облачила обично уторком.

— Саш' видит ћа чини трабакул на мору!

Помпеја се заиста љуљала као захваћена неком Стипановом „невиром", док јој је дисање постајало храпаво, врло слично хркању, тако својственом дебелим женама.

Овога пута, чим је сишао с кревета, Стипан оде до улазних врата, отвори их и звизну, на шта са степеништа у стан, утрча велики вучјак.

Помпеја тихо врисну и не стиже ни да подигне своја гола стопала с пода. Укочила се и није се усуђивала ни да покрије своје ноге. Пас приђе кревету, радознало је оњуши и гледаше је нетремицс.

— Не бој се госпоја, питом је к'о јање — рече Стипан враћајући се у собу. — Аксел, сиди!

Пас се окрете ка господару и седе на под између жениних пуначких листова.

Помпеја поче опет нормално да дише, а лице јој попри пређашњу боју.

— Ох, тако сам се уплашила — процеди кроз стиснуто грло.

— Звер је то, али ја сам га купио и издресирао. Хтео сам да те изненадим.

— Ниси ме само изненадио, него и уплашио. Дођи да видиш како ми срце лупа.

Стипан шаком потражи Помпејино срце, али њега је прекривала велика, опуштена дојка, којом се он детаљније позабави. Пас је морао да још једном сачека свог господара на степеништу...

Л. В. Бетовен — За Елизу

Ушла је у башту ресторана „Парк". Морала је још обићи све те столове, издржати све те погледе, равнодушне речи: „Не, хвала" или „Ајде бриши", испљунуто између два гутљаја пива. Торба са семенкама била је вечерас празнија. Видело се то и на Јелисаветином лицу. Очи су јој се склапале, а усне су биле чврсто стиснуте. Кретала се као месечар, увежбано али одсутно.

Небо се ослободило терета док је била у „Душановом граду" и сада је све мирисало на мокар асфалт и пролеће. Саветина кратка, плава коса и модра хаљина, обилазиле су око столова, руке би понекад вадиле фишеке са семенкама, усне су увек захваљивале.

За последњим столом у углу, сам је седео дебељко који је одавно превалио педесету. Махнуо јој је руком, али се она правила да га није видела.

/ Одвратни, дебели створ, пре годину дана ме је из чиста мира ухватио за дупе, вриснула сам, а он се уплашио од келнера. Чула сам да за њега причају свашта: да је импотентни педофил. Не знам баш шта је то, али је сигурно нешто ружно. Једном касније, покушао је да ми исприча како је имао ћерку која је личила на мене, зато ме јако воли и жао му је због оног. Рекла сам му да му не верујем, да је све измислио. /

— Семенке! Семенке!

Јелисаветин глас се механички понављао. Торба се полако празнила. Још десетак столова. Са њене леве стране наиђе старији човек чији је похабани сако једва скривао његов трбух.

— Јелисавета, Богу није угодно то што радиш.

Савета га обиђе окрзнувши га погледом. Човек је у рукама држао неколико књига.

— Није ни мени — рече она и настави даље.

Он се за тренутак заустави и осврну се за њом. Заврте резигнирано главом и крену даље премештајући књиге из руке у руку. / Мало људи вечерас жели да купи Библију. /

Јелисаветина торба је коначно празна. Спушта се према Дорћолу, осећајући како јој бриде табани. За тренутак се присети да вечерас нигде није срела „чика Срећку". / Да није болестан?/ Али, одмах затим њене мисли опхрваше властити проблеми. На столу је чекала чаша млека и задаци из математике. И што пре у кревет да би се пробудила на време за преподневну смену. Сутра се враћа и мајка са надничења. Донеће пасуља, кромпира, лука, можда и сланине. Од те помисли слила јој се пљувачка низ суво грло.

Јелисавета уђе у једну дворишну гарсоњеру. На кухињском столу хладно млеко и уџбеник из математике за четврти разред.

/ Кад једном одрастем... кад одрастем... / Капци почеше да јој се полако и неодољиво склапају. Уместо математике пред њом се отвори књига снова.

Питер Бројгел — Луда Грета

Пољубац неба и земље има бљутав укус. Из висине се цеди сивкаста влага и ствара каљуге као плод те одурне љубави.

Из облака висе димњаци. Труде се да из ждрела нешто избаце. Напињу се, кашљу. Испод уморних конструкција брекћу машине и нико се не би могао мирне душе заклети да ли је то оргазам или ропац.

Раковица. Вечито предграђе блата и сивих лица. Жене вуку с пијаце у торбама мирисе поља и воћњака у којима нема олова. Ставиће их на своје шпорете изнад којих су извезене пожутеле куварице.

У три поподне ручак ће бити обичан, сив, празњикав. Нестаће све обиље боја и укуса које су донеле у торбама.

Кроз влажна испарења поглед мами свеж, скоро постављен киоск. Пуначка, беличаста госпа, спрема ђаконије за гладне очи и промрзле прсте.

На леђима нејаког ветра долеће смрад пластике. Контејнер својом утробом дими као пароброд прикован у луци.

Иза облих тела трамваја стиже прво њен глас, а за њим и она сама. Трчи са испруженим рукама, док се дроњци на њој комешају. Лице — прегорела погача — искривљено у повику:

— Гори, гори!!! Људи ватра! Зар не видите да ћемо изгорети!!!

Тек је понеко одмери шкртим погледом.

— Увек код ње нешто гори.

Деца је с пригушеним кикотом гађају колачићима од блата.
Чак им је и то досадно. Никако да се заврши дан...

В. А. Моцарт — Погребни марш

Мириси цвећа и воска отискују се ваздухом. Улица ситно подрхтава, понекад и посрне у очима погрбљеног човека што храмље на леву ногу. Повремени удари ветра завијоре конце који су испузали из шавова кратког капута. Лактови су прогледали кроз жуте, лоше зашивене закрпе.

Прелази дланом преко браде.

/ ... Четири, не... пет дана се нисам бријао. И нећу. Кад год се обријем увек добијем мање... Мисле обријан си — значи имаш лову... Ала се љуља ова мртвачка улица... Нисам требао да останем целу ноћ. Аца гробар навалио. Ајде да научиш покер — то игра отмен свет па зашто не би једном и ми, а не да цео живот гулиш таблиће... пас му матер и покеру... оде ми дванаес коња... То је зато што сам мешо лозу и вињак. Знам да не треба, ал' зинула жаба па дај, дај... Ипак нека, очи су ми црвене и скочиле ко сарме... Мислиће да сам плако... Биће лове... /

Човек улази кроз гробљанску капију. Одједном га запљусну звуци блех музике. Мало застане и загледа се у спровод који управо излази из капеле. Птице се узрујане првим тактовима музике враћају опет на своје гране.

Наставља да храмље ка цркви.

/ Ал’ су се укочили ко стојко у ладној води. После ће, зна се, даћица, па мезенце, па прасенце, винце, па ће на крају и да запевају. Мајку им лажљиву. Овде само ја поштујем мртве јер од њи’ живим. /

Гледа около, бира боље место где ће да стане.

/ Пуно света данас... Биће лове... Ако накупим петокоњца, мого би и код Маре да се частим... Зна она како треба, све ми угађа... Бештија једна, купила је и неку колоњску водицу не би ли нас више намамила... ићи ћу вечерас код Маре, баш ми је ћеф... /

Човек скида с главе масну капу што личи на палачинку и окреће је наопако.

Музика нагло престаје и етром заклокоће уњкави, промукли глас.

— Уделитс, добри људи, Бога ради. Тако вам здравља и ваше деце... Хвала. Бог ће вам платити. Уделите за спас душе...

Хијеронимус Бош — Ношење крста

Поподне је распукли, зрели нар. Ка небеском бескрају дижу се воњеви људских тела која немилице гамижу. Зелени венац — дими и бучи као омиљена Вулканова ковачница.

Маса силује прегрејане аутобусе. Они се попут рептила одупиру бректањем и понеким неартикулисаним звуком. У њиховим утробама се воде мали ратови око седишта. Гримасе, псовке, зуби о зубе. Каин и Авељ са цегерима и актен-ташнама, захваљујући брзини својих ногу и снази руку освајају боље место.

Прво се чује његов глас, а одмах затим наилази и он — избледелоплаве панталоне, рупичаста мајица, завој око главе. Погрешно и несрећно назван од једног неуспешног латинофила *vox populi vox dei*.

— ...чка вам материна!... Само ћутите и лепите гузице за та седишта. Само ја овде смем нешто да кажем... Ни муда немате... А ја... Девизне удовице... Каже ми брат: „Само ти футрола остаде” ...би га... Године су то...

Његов продоран и снажан *vox* замиче иза густих тела аутобуса. Тешко да га је ко и видео. Само су му амалини с колицима и хладним пивом у руци, добацивали ту и тамо понешто, тек да прође време.

Поподне не попушта, као да је приковано за небо.

Василиј Кандински — Усправно

Јутарњи поветарац бојажљиво је улазио кроз одшкринут прозор Небојшиног стана и брзо бежао посрамљен призором који је затекао.

Јо је лежала на леђима, гола, широко раширених ногу савијених у коленима.

Небојшина глава налазила се на педаљ од њеног зјапнутог споловила. Као опчињен посматрао је кестењасти жбуниђ њеног Венериног брега, спуштао поглед низ меснате пуначке... labia maioris... прорасле коврцавим... бруцама... прелазио је преко склиских... labia minoris... чију боју није могао одредити друкчије — него као светлу боју меса и најзад је, по ко зна који пут, фокусирао видно поље на почетак вагине.

Меснатосветла боја labia minoris постајала је све тамнија и загаситија како је померао свој поглед ка вагиналном каналу. У самом центру вагине боја слузокоже меса добијала је, услед дубине мишићног отвора у који се није могло проникнути, љубичасту, безмало тамну нијансу. Концентрисао се на најтамнију тачку испред себе и нетремице пиљио у њу. Непомичност очног мишића, велика концентрација, а можда и нешто треће проузроковаше на ободу најтамније тачке споловила појаву црвенкастих тачкица које су се палиле, трајале секунду-две и нестајале.

„Прави мали свемир”, помисли Небојша... „или још боље свемирска капија иза које се он простире. Постоји само у телу жене јер она рађа нове живо...”

— Не могу више! Прехладићу бешику!

Јо пребаци јорган преко себе и при том га добрано баци и преко Небојшине главе. Он остаде у мраку као кад у пећини неко искључи батерију.

— Краво једна... — љутито себи промрси у браду. — Али мислим да сам овога пута схватио Волтера.

Искобеља се испод јоргана и из фрижидера донесе хладан шампањац.

— Подмићујеш ме што си зијао у моју рибицу?!

— То није било зијање... а то што ти зовеш рибица, то је чудо природе.

— Ето видиш, увек сам ти говорила да имам екстра пичку.

— Мислим на рибицу уопште — уздахну Небојша.

— Ех, воајерчино једна мушка — сневесели се Јо.

— Мислим да сада знам зашто је Волтер био у стању да сатима посматра женски полни орган.

— Зато што је био ђубре као и ти... сви сте исти — помало увређено рече Јо.

— Добро, а сад иди. Морам нешто да напишем...

— А секс? Прво ме напалиш а онда педала!

— Други пут... И престани да размишљаш пичком, за то служи мозак.

— Преварићу те с првим који наиђе! — гола и љутита Јо искочи из кревета.

У том моменту поред кревета протрча бубашваба.

Обоје праснуше у смех.

— Па добро! — повика Јо. — Са другим који наиђе...

J. S. Бах — Менует у ге-молу

„И удари дажд на земљу за четрдесет дана и четрдесет ноћи.” Седобради старац склопи уморне очи и утоне у фотељу. Наочаре за читање склизну му на врх носа и он их спорим покретом скиде. Кроз прозор, као вешт пливач, кроз ретку кишу доплива мирис јоргована из дворишта.

Старац затворених очију види собу: жути, огољени креденац, зидни сат, сто с карираном мушемом ту и тамо прогорелом од опушака. Види две недавно офарбане плаве хоклице, кревет огрнут постељином. У овалном огледалу које су муве још одавно нештедимице испљувале угледа свој лик.

Онда поче нешто да се мења: он се смањује, а ствари расту, наткриљују га. Да, да, то је детињство, чује свој глас негде дубоко унутра. Јоргован сад мирише заносно, већ скоро грешно у својој штедрости...

Десет удараца неквог звона... Да, сат. Старац се тупо загледа по соби. Шта је то било? Као да је на тренутак осетио нешто дивно. Полако устане, споро одмахне руком, ех та чула, више се не сме поуздати у њих. Из кухиње доноси топло млеко и сипа га у шољу. Са порцелана му се смеше црвенкасти излизани цветови. Кашичицом из млека вади већ одмекле комадиће хлеба и жваће безубим устима.

Тада се отворише сва грла набујалих пролећних облака. Мелодија пљуска надјача све остале звукове.

Старац обриса надланицом уста. Киша. То га подсети на нешто давно, веома давно. Слабо се осмехну нејасној успомени и опет се спусти у наручје фотеље.

П. И. Чајковски — I клавирски концерт у бе-молу, опус 23

— Ово је то место — рече Небојша Науму док су прилазили клупи која се налазила на платоу поред скулптуре београдског победника. Чинило се да са те тачке посматрач господари видицима који су се штедро ширили на север, запад и југ и да се доле, дубоко испод његових ногу, не улива једна река у другу, већ да је то поклоњење вôда центру света.

— Овакво место очима зрелог човека нисам никада видео — једва прозбори Наум обузет јединственим призором. — Можда само као дечак, када сам два-три пута, давно навраћао у Београд...

— Најинспиративније место у Београду. Просто тера на размишљање — поносно рече Небојша док су седали на клупу. — Наравно, треба доћи ујутру, јер после нагрну људи и постане одвећ бучно.

Наум је ћутке гледао около и изгледало је као да упија сваки детаљ богатог и обимног видика. Неколико пута удахну свеж ваздух проткан кошавом и даљинама.

— На известан начин овако и Нежид покушава да нам суптилно дочара неке ствари — започе Наум полако, као да тражи речи. — Када се попнеш на Ајфелов торањ ти си отприлике 300 метара ближи небу. То је тек мали део правог растојања до неба, али, теби се чини да си прилично ближи... Битан је тај осећај. Кад нешто *осећаш*, то је први корак ка разумевању те ствари. Ту реченицу нам Нежид често понавља.

— Реци ми по чему се тај његов курс разликује од класичних предавања филозофије.

— Готово по свему, али најважније је то, да приступамо разговору о неким стварима и појавама неоптерећени претходним знањима — настави Наум. — Ето, на пример, дрво јабуке. Научно гледано, ми знамо скоро све о том дрвету и плоду, о цветању, зрењу плода, опадању лишћа, али, шта знамо о дрвету као делу природе, као учеснику у великој и још сасвим нерешеној загонетки живота на земљи. Тај, да тако кажем, интердисциплинарни приступ проблему не обрађује ниједна наука. Или, боље речено, свака изучава само свој део, а целина и даље остаје необухваћена.

— Па... — гласно је размишљао Небојша — то заиста не спада у научну област којом се бави филозофија, али она, без обзира на то не би требала да затвара очи пред таквом појавом, а затвара их...

— Затвара — настави Наум. — Затварају и остале науке и зато ми не знамо, а желели би да знамо, шта дрво *осећа*, како *комуницира* са околином, колико смо ми и како *повезани* с тим дрветом?...

— Нежидов курс ми изгледа врло, врло занимљив — климао је Небојша главом потпуно се уневши у речи свог саговорника.

— И ја сам постављао себи питања донекле слична овима.

— Схватио сам да такав курс, мада он то никад није рекао, може трајати целог живота, јер има тако пуно бића и појава у природи у чију је суштину потребно проникнути.

— Или се после првог проникнућа дешава просветљење, када се одједном може схватити све остало.

— Мислим да је то врло тешко, можда и немогуће — успротиви се Наум. — Онда би Нежид без сумње био просветљен, а он ми ипак не изгледа тако.

— Не знам — уздахну Небојша. — На тренутке ми се чини да кључ свега лежи надохват руке и да ми је потребно још само мало па да све схватим.

— Мислим да ти се само чини — Наум помало тужно затресе главом.

Запалише цигарете и неко време су пушили у тишини.

— Осим овог Нежидовог курса постоје и, да тако кажем, специјалне вежбе које повремено упражњавамо — настави Наум.

— Он их зове „Вежбе живота”. По Нежиду, оне служе да би помоћу њих упознали оне сегменте живота, које иначе, живећи наше животе онако како их живимо, не би никад упознали. Једна од најупечатљивијих вежби носила је назив „Један дан са клошарима”. Ујутру смо се окупили испред факултета одевени у најгоре прње које смо могли наћи, а затим нас је Нежид одвео у легло клошара. Провели смо дан претурајући по контејнерима, просећи и пијући неку брљу. Најмонотонија вежба је била „Дан пецања и ослушкивања реке”. Цео дан смо ћутали, ослушкивали реку и своје мисли — тако је то протумачио Нежид. Уловили смо врло мало рибе, али смо зато, сви заједно били одличан улов комарцима. Не знам како други, али ја лично нисам успео да ослушнем више од две-три занимљиве мисли. Шта да се ради, такав је живот, односно „вежбе живота”.

— Да ли пишете неке радове на одређене теме, или тако нешто?

— Не. Мислим да Нежид није нарочити присталица писане речи, бар кад су студенти у питању.

— Чудно. Разговори су свакако инвентивни, али тек писана реч има праву вредност.

— Можда ће нам Нежид то предочити касније. За сада само ишчитавамо текстове других учених људи. Поготову народне мудрости.

— Шта подразумеваш под тим? — зачуди се Небојша.

— Легенде и митове. Нежид је просто опседнут тиме. Поготову митом о Фениксу. Он је право чудо! Скоро сви древни народи имају свој властити мит о Фениксу. Нежид већ деценијама трага за новим митовима или њиховим верзијама и просто је чудно колико тога је пронашао.

— Морам да признам да о Фениксу знам врло мало.

— Могао бих ти о томе причати данима, али...

— Али боље да о томе чујем неки други пут — предложи Небојша. — Већ пристижу први шетачи и туристи. Понео сам ти да прочиташ једну моју теорију коју сам писао при крају студија. Зове се „Теорија конструкције и деструкције”. Занима ме какав ће утисак оставити на тебе.

Небојша извади из џепа свешчицу похабаних корица и даде је Науму.

— Даћу и Калии да прочита. Она је на вишем степену од мене.

— Зар?

— Хоћу рећи на шестој години студија, а ја сам на петој, уосталом, она је инструктор курса, што би отприлике значило Нежидов асистент. Хајдемо сада, а ја морам свакако доћи још једном овде да уживам у овом призору.

J. С. Бах — Двогласна инвенција бр.15
ха-мол

... „тако је Бог створио човека,
а ђаво жену.
Бог је створио овцу,
а ђаво козу.
Бог правду,
а ђаво кривду.
Бог је створио село,
а ђаво град..."

Народна веровања код Срба

Хијеронимус Бош — Врт живота

Брава шкљоцну зарђалим звуком. Иза металне капије, на мутној месечини, оцртавала се фигура жене.

— Ипак си дошао... — прошапута — а мислила сам да нећеш.

— Други пут сигурно нећу ако се сад не потрудиш.

Чим је мушкарац ушао она поново закључа. Он се нервозно осврну. На благој падини с неколико младих борова клечали су крстови и ширили се споменици.

— Зар ниси могла да нађеш неко боље место? — упита жену, док га је она ухвативши га за руку, водила надоле, у сенку великих стабала.

— Баш због овог места мислила сам да нећеш доћи. Неколико њих није хтело, а овде је ноћу најмирније.

— А чувар?

— Мартин? Тај већ одавно хрче на некој клупи... Једном ми се жалио да не може да издржи ноћу на гробљу ако нешто не попије.

Под њиховим ципелама ту и тамо би зашкрипао шљунак.

— Е, гробарко моја, види се да већ дуго радиш овде. Не можеш ни да се јебеш као друге, на неком нормалном месту. Где баш тебе да упознам?

— Па што си навраћао у наше кафанче? — упита жена мазно, припијајући се у ходу уз мушкарчеве груди.

— Е, јебига сад. И човек са естраде може повремено да улети у говна. Где ме водиш?

— Туцаћемо се на гробу једне значајне личности.

— Да није био певач? Ако је тако, нећу.

— Ех, види се да си са естраде... Био је ваљда неки филозоф или сликар, ђаво га знао, ал' има много згодан споменик за гузичење...

Прошли су још две парцеле, а онда скренуше са стазе. Указа се гробница са великом мермерном плочом и спомеником у облику два степеника.

— Ту смо, мачкићу. Да видимо јеси ли спреман? — ухвати га шаком између ногу. — Па... — оте јој се тихи уздах...

Неколико часова пре зоре седели су на клупици и љубили се. Понекад би на месечини из њеног осмеха слабо засијали жути и неједнаки зуби.

— Знаш, треба ми једно триста комада да средим неке ствари — рече он, већ потпуно равнодушан према њеним подстицајима.

— За такву мачорчину увек...

Негде далеко, при крају друге парцеле, назирало се усамљено око кандила.

Пол Гоген — Тахићанка

— Ево ти. То сам нашла у библиотеци — Јо баци на сто укоричени свежањ фотокопираних страница.

Небојша остави новине и загледа се у папире.

— Заправо — промрмља он — нисам ни претпоставио да се толико тога може наћи о фениксу. Просто да не поверујеш колико је то распрострањен симбол. Слушај: „Феникс — Сунчана птица. Универзални симбол ускрснућа и бесмртности. Митска птица старих Египћана која живи петсто година, а затим на ломачи коју сама приреди, сама себе спали и из свог пепела поново оживи подмлађена...”

— А шта ако дуне ветар и развеје Фениксов пепео? — упита Јо из другог дела собе.

— Ма, дунућу ја тебе ногом у дупе! Слушај даље: „Током тродневне смрти поприма лунарну симболику — мрачни месец. Такође је симбол благости, јер се храни једино росом и не оставља трага ни на чему на шта слети... У *алхемичарској традицији* — извршење *магнум опуса*. У *астечкој, мајанској* и *толтечкој* — соларни симбол благослова и среће. У *хришћанској* — симбол ускрснућа и бесмртности. Христ погубљен у огњевима страдања васкрсава трећег дана и тријумфује над смрћу...”

— Е, јебига, сад га претераше! — Небојша наједном прекиде читање. — Какви огњеви, па Христ није спаљен. Мада, на Калварији је тад беснела нека олуја, али то ипак није огањ. Осим, ако те огњеве не треба схватити симболично, уосталом као и много тога другог везано за Феникса. Је л' слушаш, читам даље?!

— Само настави — огласи се Јо.

— „У *јапанској* традицији представља сунце, исправност, верност, правду, послушност. У *кинеској* — фенг-хуан, фунг или фоум. Гримизна птица — супстанција пламена. Једно је од четири духовно обдарена, света створења... Појава Феникса означавала је мир, благонаклону владавину и појаву великог мудраца. У *римској* традицији означава симбол царске апотеозе, препорођења и непрестаног постојања Римског Царства...” Да видимо сад ово... „неколико дана пре спаљивања Феникс се може претворити у било које биће или облик... Сам чин спаљивања Феникса могу видети само изабрани и обдарени појединци. Забележено је само неколико оваквих случајева.”

— Има још много тога, али ћу то читати други пут. И, шта кажеш на све ово? — упита Небојша и одложи укоричене листове на сто. Пошто није било одговора, осврну се по соби. — Где си се сакрила?

Јо изађе иза штафелаја обучена само у неколико ниски (како се Небојши чинило) вештачког цвећа.

— Шта је сад па ово?! Рекламираш неку цвећару?

— Не. Правим свој „тахићански” аутоакт за нови ноћни клуб.

— А да се тај клуб не зове случајно „Тахити”? — упита Небојша.

— Погодио си. Биће неколико Гогенових копија и моје уље.

— Мислим да си заиста невероватна.

— Па, драги мој, ја нисам рентијер као ти. Од нечег се мора живети...

Луис Буњуел — Дискретни шарм буржоазије

Вече боје меда полако се лепило за београдске кровове. Реља Гргић је одсутним покретима из руке у руку премештао три свечане позивнице. Коктел у Индијској амбасади, пријем у привредној комори и промоцију књиге мемоара Радета М. Удовичког који је за собом оставио богату и плодну каријеру политичког и друштвеног радника.

Уздахнуо је и одложио позивнице на радни сто од ораховине. Било би лепо пружити сатисфакцију познанику и саборцу, али из искуства је знао да се такве промоције могу претворити у досадна разматрања и препричавања догађаја од пре четврт века.

Пришао је прозору са кога се град видео као на длану. Контуре зграда су се све више утапале у тамну кулису вечери. Привредна комора — гомила монотоних, лепо уобличених речи, али ту је бар постојала могућност — као што је има стрпљиви риболовац — да се улови нека занимљива вест, да искрсне нешто што би могло бити корисно.

Врата Рељиног кабинета нагло се отворише. У њима се појавила крупна и енергична Јеленина фигура.

— Ја сам спремна за коктел.

— А ко је рекао да идемо на коктел? — упитао је Реља окренувши се.

— Немој да се правиш наиван... Знаш да сам још пре недељу дана наручила код кројача нешто у индијском стилу. Зар да ми то пропадне?

Реља је тек сад обратио пажњу на Јеленину гардеробу. Била је са свих страна огрнута свиленим веловима, а у косу је уплела дијадему.

— Јелена, шта ти уопште хоћеш?! У Индијску амбасаду идеш одевена у индијску ношњу. Па то је шашаво!

— Ти си шашав, драги мој. Мода и естетика облачења су за тебе мислене именице.

— А да којим случајем идемо на Хаваје, ставила би само венац цвећа око струка, зар не?

— Могао би да ме поштедиш тог твог сарказма.

— А ти мене твог блесавог стила облачења. Зар не знаш да лепше половине дипломатског кора увек прокоментаришу такве појаве. Хоћеш да се сви окрећу за нама?

Нервозним гестом је сипао коњак у велику, бокасту чашу.

— Увек мораш да ми поквариш овако лепе изласке. Идем сама...

Преко Рељиног лица разлио се самоуверени осмех.

— Нећеш ићи... Био би то прави мали скандал да се тамо појавиш сама.

— Сам си желео тај скандал.

Приближила се интерфону на радном столу:

— Милане, припреми аутомобил. Идем на коктел у Индијску амбасаду — одлучним гестом зграби позивницу.

Реља је осећао како га напушта снага.

— Па ти си полудела! Срозао се у кожну фотељу, а рука му је потражила коњак. По звуку залупљених врата знао је да је Јелена изашла. Узео је две преостале позивнице и исцепао их на ситне комадиће.

Виторио Де Сика — Чудо у Милану

... Пролеће је разапињало грудњаке. Шавови су једва задржавали цветање младих тела.

У улици подигнутих глава бојама и мирисима разлистала се велика пијаца, бучна и устрептала као пчелињак. Тезге су на својим длановима изнеле прве, скоро снебивљиве овогодишње плодове.

Ресторан на углу привлачио је чежњиве погледе. Из њега је на улицу избијала пријатна опуштеност и замамни мириси... Десет с луком... пиво... полако, дан је пред тобом...

Млада цвећарка није скидала поглед с једног необичног господина који је одударао од свега осталог. Префињено одело, отмени покрети. Очи — светлије од најсветлијег плавог неба.

— Туце белих ружа.

Дубок, пун глас, попут шампањске пене опио је њена чула. Разгледао је цвеће док је она бирала руже.

— Желите ли зеленило? — упита она нехотице поцрвеневши.

— Не, хвала. И немојте их завијати — додаде видевши да се девојка спрема да их увије у бели папир. — Цвеће је нежно. Не трпи папир.

На његовом новчанику боје ружиног дрвета, она угледа златом утиснуто, велико, украсно, Ф.

Дуго потом је сетно размишљала, није ли већ негде видела тог необичног господина.

Он је, међутим, наставио препуним градским улицама, забављен неким својим мислима. С времена на време су га сусретали испитивачки или прикривено задивљени женски погледи.

На Ташмајдану се дуго дивио контурама велике цркве... и мрштио на графите у њеном подножју. Са симпатијама је гледао дечја колица и младе мајке које су промицале између клупа. Застаде у центру парка, погледа у кристално небо, затим замахну и баци букет у вис. Дванаест белих голубица прхну дотичући се крилима и ускоро нестадоше у бескрајном азуру.

Неко је стигао тихо да крикне... Једна жена оштро закочи свој мали ауто на булевару и баци поглед у вис за птицама. Остали нису ни реаговали, неокрзнути чудом које се десило изван димензија њихове свакидашњице.

Оборивши поглед, са искрицама тихе среће у очима, празних руку, господин Ф полако крену у правцу хотела Метропол.

Предраг Бајо Луковић — Портрет једне тајне

Добар део тог кишног предвечерја Сузана је провела пред огледалом. Била је критички расположена према себи, заправо према свом изгледу. Дуго се чешљала и премишљала какву фризуру да направи за вечерашњи излазак. Желела је да по сваку цену остави утисак на Богдана.

Први сусрет с њим, у Дому здравља у ком је радила, оставио ју је потпуно равнодушном. Тек што се запослио код њих и били су му потреби неки формулари. Правдао се да је видео отворена врата од њене ординације... Могло је бити и тако, мада... одмерила га је незаинтересовано: средњег раста, сјајне косе, неговане црне браде — све у свему млади човек занимљивог изгледа...

Када је најзад направила фризуру за коју је мислила да јој најбоље стоји, почела је да се шминка.

— Извините, колегинице, кад боље размислим, све ми се чини да смо се видели за време студија.

Очекивала је нешто оригиналније, али је и то било довољно да јој бар мало скрене пажњу на њега. Затим су дошли на ред две-три *кафе причалице* код ње у ординацији — наводно код њега у другом делу зграде страшно лоше кувају кафу.

— Бољи сте од боксера, ваш шарм обара још пре почетка рунде.

Насмешила се. Можда је то био комплимент за њу, а похвала за њега, ако је желео да истакне како се раније бавио боксом.

Сви ти њихови сусрети били су мање-више зачињени пингпонг разговорима. Ни сама није била сигурна када је почела да га схвата озбиљније.

Изашли су (пробе ради како је она обично називала први излазак с неким) једне вечери у биоскоп, а после тога су отишли на вечеру. Можда би све то потрајало прилично дуго, да Сузани једне ноћи није пукло пред очима, већ годинама, осим Младена, није имала ниједног љубавника. Њено лепо и младо тело остаје не толико без физичке љубави, колико без дивљења супротног пола које му неоспорно припада.

Одлучила је да узме ствар у своје руке. Богдан ће бити задивљен њеним телом. Он једноставно мора бити задивљен, као што ће то бити и други који ће доћи после њега. Она им мора доказати своју изузетност.

Раскопча кућну хаљину. У огледалу блесну кожа. „Ово ће потрајати још десетак година”, помисли, „а затим долази одвратно старење и пропадање”. Рукама обухвати своје пуне, испупчене груди. „Збиља би био грех да оваква лепота остане потпуно анонимна...”

Око деветнаест часова уђе у свој Mini GT и ускоро се возила ка хотелу Москва. На углу је чекао Богдан. Ретке кишне капи клизиле су низ његов мантил беж боје. Бацио је шешир на задње седиште.

— Лепо време за дивље патке и... за нас.

Била је сигурна да је ту фразу ископао из неког викенд романа. Загледала се у његове зенице.

— Идемо из овог хаоса?! — то је више била констатација него питање.

— Куда Сузи? Па ми смо птице с туђим крилима.

„Како ко”, помисли она.

— Не буди луд, видиш да возим — одби његов покушај да је пољуби.

Одмах се уозбиљио.

— Без зезања, куда идемо?

— У Младенову викендицу.

— Па ти си луда Сузи! Шта ако наиђу он или жена?

— Он је службено у Дубровнику. Милена има мигрену. Уосталом, она ретко вози, поготову не увече.

— А шта мислиш ако би је довезао неки пријатељ, као што ја довозим тебе?

— Она да има љубавника?! — насмеја се Сузана. — Видела сам њене слике. Личи на бернардинца у поодмаклим годинама.

Обоје прснуше у смех. Богдан више није имао ништа против вечерњег излета.

— Мораћемо сутра ђаволски поранити.

„Ето”, помисли она, „први пут ћу вечерас с њим да водим љубав, а већ ме нервира. Мала, лепушкаста будала...” Већ сад је знала да неће дуго губити време с њим.

Чим су стигли у Младенову монтажну викендицу наложили су ватру у камину. Богдану није било нарочито стало до тога, али Сузана је желела да улепша то вече које по њеном мишљењу и није баш најбоље почело. Затим су направили сендвиче од неких паштета из фрижидера. Сузана је упалила две наранџасте зидне лампе. Пили су сасвим обично бело вино, и при том нису ни бацили поглед на етикету. Брбљали су о разним стварима... највише о Дому здравља. Одједном, она застаде...

— Док сам данас возила ка хотелу Москва видела сам нешто чудно... Заправо сам присуствовала једном чуду.

— Ех, да мало не претерујеш.

— Маркантан мушкарац у црном оделу носио је букет белих ружа и шетао стазом ташмајданског парка. Већ се палило зелено светло на семафору кад ми је упутио један продоран поглед, а онда замахнуо руком и у вис је полетело дванаест белих голубица.

— Можда је то био неки мађионичар?

— Немој да си смешан. Никада раније нисам осетила такав поглед на себи. Једно око му је било црно, а друго плаво. Обузели су ме страх и некаква лакоћа истовремено. Док сам зурила као хипнотисана у небо, почели су да ми свирају. Нешто необјашњиво ме је вукло из кола и терало да отрчим у парк. Брзо сам кренула и недалеко се паркирала. Потрчала сам према месту где је стајао, али њега више није било. Осећала сам се као да лебдим пола метра изнад земље. Присетих се његовог погледа који као да је говорио: отвори очи и памти. Одабрана си да видиш чудо... И чудо се десило... Осетила сам неодољиву потребу да кренем за тим човеком... али куда? Било је то као... као... Не, немам речи да то опишем.

Богдан је хтео да нешто каже, да буде сатиричан или заједљив, али се суздржао. Схватио је колико је тај догађа снажно деловао на њу. Нежно је положио руку на њено раме. Попили су још мало вина и почели да невезано ћаскају.

Касније, у спаваћој соби са округлим креветом и плетеним фотељама, Сузана је тријумфовала. Богдан само што није свршио од одушевљења кад је видео потпуну нагу. Зарио је главу међу њене бутине и нешто мрмљао као кад верник мрмља молитву свом идолу...

Реј Чарлс — Јуче

Црква је личила на тамну силуету оивичену модрикасто-црвенкастим западним небом. Што су јој се Драган и Радојка више примицали, она је одлазила у висину, тако да се чинило да ће се сваког трена одлепити од земље и винути према мутнопастелном сунчевом заласку.

... Као да је било јуче... у старчевим борама заискри мало сете — наговештај осмеха.

Мајке и гувернанте су већ повеле децу кућама. Велики парк је постајао све празнији и тиши. Тишину су реметили само звуци саобраћаја са ближњег булевара. С времена на време су наилазили вечерњи шетачи или узгредни заљубљени парови заокупљени собом.

— Толике Ускрсе и славе празновасмо, овде крстисмо децу... — Радојка јаче стегну Драганову руку. — Ратови, глади, болести — све то дође и прође.

— Да, да мила моја... црква и парк остају, а наши животи се окрећу око њих све спорије и спорије... Све је више свећа које палимо за мртве. А као да је јуче био онај мајски дан: ти сва у белом, сватови окићени рузмарином, колона фијакера, а испред свих кум Јеротије, гора од човека. Бог да му душу прости...

— Хајдемо, ускоро ће почети вечерње...

Старац махинално намести кравату и почеше да се пењу великим степеништем према црквеним вратима из којих је избијала светлост. У том трену се из висине огласише звона и старац једва стиже да шапне: „Заиста, као да је све то било јуче", кад их обузе сјај и спокојство које се ширило из унутрашњости храма.

Вилијем Блејк — Праузрок Ствари

Небојша се удобно сместио у фотељу и одмерио своју саговорницу. У лежерној кућној хаљини цветних дезена, Калиа је деловала мање ледено но обично.

— Морала сам те позвати у своју хотелску собу да поразговарамо. Сматрам да је то неопходно после читања твоје теорије.

Почела је да прелистава Небојшину свеску искрзаних корица, док су се на сточићу покрај њих пушиле две шоље чаја примамљивог мириса.

— Скоро... — започе Калиа тражећи речи које је при том необично акцентовала — скоро сензационално... До сада нисам срела човека са толиким даром за синтезу сопствених и туђих спознаја, не рачунајући, наравно, др Нежида. Уочавање и ређање чињеница је баналан пут којим се крећу мислиоци и научници ка врху — врху који многи не досегну... „Теорија конструкције и деструкције” — поновила је наслов исписан на свешчици, као да се преслишава. — Свако стање мировања, неактивности, означено је као конструкција, а свака промена, активност, као деструкција, или, да дам себи ту слободу да је додатно означим, као променљива конструкција... И тиме је обухваћено све — од атома, ћелије — па до космоса.

— Деструкција је термин који можда изгледа прејако у овом контексту — Небојша поче да образлаже своје ставове — али, на пример, Велики прасак, не можемо назвати никако друкчије него колосалном деструкцијом, која, без обзира на свој негативни предзнак, за последицу има и једно од најпозитивнијих дела уопште — стварање безбројних врста живота. Уместо термина конструкција и деструкција могао сам узети и термине из физике *мировање* и *кретање,* али то ни приближно не би могло да опише стање и функционисање материје. Велики прасак није кретање материје — то је кретање на куб — односно промена до тада постојеће структуре, то јест деструкција.

— Ако прихватимо померање значења речи и деструкцију сагледамо углавном као позитивну, а конструкцију, као, да тако кажем, кочницу, негативну силу, имамо пред собом модел функционисања материје.

— И не само материје — допуни је Небојша. — Развој људских друштава функционише по истом принципу. Свака битнија промена, револуција, рат или преврат, представљају деструкцију и промену конструкције која је до тада владала.

— Да... да... — Калиа је замишљено климала главом. — Само, у људском друштву, свака деструкција односи много живота.

— Нажалост, то је неизбежно. Агресија и ратоборност је иманентна човекова особина — закључи Небојша. — Једина светла тачка су преврати и државни удари без проливања крви...

— Можда би се ова теорија могла применити у још неким областима, али, мислим да је њена права вредност у томе што даје синтетичку слику функционисања материје — рече Калиа узимајући шољу чаја са сточића.

Небојша отпи гутљај топлог, тамног напитка. Укус је био пријатан и необичан.

— Од чега је? — упита знатижељно.

— Мешавина цејлонског чаја и још неких биљака — одговори Калиа с осмехом.

Неко време су ћутали и пили чај. Небојша осети како га топла течност смирује и опушта. После осмеха, Калиино лице изгледало му је некако мекше и женственије.

— Прихватање ове теорије нуди нам извесно олакшање, поготову онима који нису нарочити верници, него стварање космоса посматрају као материјалисти, а Божију силу, односно Провиђење, третирају као још неспознате нивое физичких или неких других закона који владају у космосу. Нуди нам и својеврсно *помирење* са материјалним светом око нас, а поготову са космосом — настави Небојша. — У њему нема хармоније, али постоје физички закони и што је још важније закономерност конструкције и деструкције, а не пука стихијност.

Калиа га је гледала дуго, испитивачки...

— Видим у вама, а ја видим мало више него што се уобичајено подразумева под тим глаголом, печат нечег необичног и великог... печат изабраности... Зато вам предлажем да се упишете на специјални курс др Нежида, који би био, као и ваш целокупан боравак у Хајделбергу, за вас потпуно бесплатан. Ако се слажете, могу одмах телефоном позвати доктора и за десетак минута, можемо завршити формалности око уписа. Толико познајем доктора да знам да би се он свакако радовао да има таквог студента на свом специјалном курсу у најбољој групи.

— Захваљујем Калиа, веома сам поласкан — помало збуњено рече Небојша — али ја бих ипак мало да размислим. Као што народ каже: *Јутро је паметније од вечери.*

— Стара руска пословица — Калиа климну главом.

— Откуд знате? — изненади се Небојша.

— Не смемо сметнути с ума да су пословице благо читавог човечанства — насмеши се Калиа врхом усана. — Проучавам их у слободно време, веома их волим и поштујем њихове мудрости... У сваком случају хвала вам на овом инспиративном разговору. Нећу га заборавити, као ни вашу теорију.

— И мени је овај разговор пуно значио — рече Небојша узимајући своју свешчицу. — Свет, бар кад су у питању ствари везане за филозофију, није препун истомишљеника или сродних душа. Свакако ћемо се још видети.

— Неизоставно — насмеши се Калиа док је затварала врата.

Александар Петровић — Скупљачи перја

— Ајде бре, ’ће’ радимо?!

— ’Ће’ радимо, полако бре, мало да одморимо...

Флаша „Ројала” иде од руке до руке. Усне милују грлић, а унутра се непца радују слатко опором укусу вина. Златни зуби замочени у руменило и адамова јабучица што поскакује. Надланица брише кочоперне проседе бркове. С неба провирује неповерљиво сунце и цеди се у ждрела сјајних инструмената.

Четворка нерадо устаје с ниске камене ограде. Опет се старе ципеле хватају у коштац с периферијским блатом. Улица дуга, крива. Људи нерадодарни, бацају ка њима сумњичаве, скоро преке погледе.

— Јебем ти празници кад нису чешћи...

— Каки празник, бре, осми март...

— Море, свири, немо’ да паламудиш...

Свирка тромо излеће из писка. Бубњар мења ритам, чују се први тактови Марша на Дрину, једине музике коју не фалширају.

Одједном груну сложно, предано, срца им задрхташе од неке болне милине...

Оскар Кокошка — Вереница ветра

— ’Оћеш мало?!

Светлости и сенке су се преламале на њеном лицу, мешајући се са шминком. Једино је звоњава ретких трамваја обујмљавала опустели Светониколски трг. Следећи воз — ноћни експрес стизао је тек у 23:45.

— Знам да ’оћеш. Сви ’оће... Даћу ти јевтиније.

— Колико?

Промукли шапат могао је оставити утисак равнодушности. Цигарета је обасјавала необријано лице дубоко зашло у четврту деценију.

— Лако ћемо за паре. Песто банке ћеш да нађеш.

Кренули су држећи се за руке, као да се плаше да једно другом не побегне.

— Ти си сезонац? — упита она летимично га одмеравајући.

Промрмљао је нешто неодређено.

— То су најбољи људи, кеве ми... Ови градски — све го шверцер и цинкарош.

— Имаш ли собу?

— Е па, буразеру, много ’оћеш за песто банке. Има један доста отмен подрум овде у близини.

— Нећу, за те паре могу да нађем и са собом — хтео је да ослободи руку из њене шаке, али она га јаче стегну.

— Ма чекај, полако, то је једна вешерница, имам и кључ. Сви сте исти, незгодно вам да случајно неко не наиђе док туцате у подруму.

— Не лупетај. Је л' има још да се иде?

— Одма' иза ове раскрснице.

У вешерници је било неколико комада старог намештаја. На средини се назирао изанђали кауч. Она упали малу ноћну лампу с прегорелим абажуром.

— Није лоше, а? — показа руком около.

Он није скидао поглед с њених бутина које су се оцртавале испод припијене црвене сукње.

— Па ти си баш дрчан — ухвати га руком преко панталона за његову већ пробуђену мушкост. — Ево, да не кажеш да сам ти утрапила шкарт. — Задиже сукњу а испод искочи нага и чупава стидница.

Он јој нагло приђе и сасвим задиже сукњу. Одмах се нађоше на шкрипавом каучу.

Док га је ослобађала панталона једва успе да прошапуће:

— Ух, види се да одавно… — али заћута већ поклопљена његовим телом.

Сава Шумановић — Пијани брод

Ноћ се развлачила као тесто. Пливала је на све стране и звезде су час намигивале одозго, час одоздо.

Иза Небојше и Пабија остала је „Последња шанса”, док су они својим стопалима и ногавицама благосиљали влажну и упорну траву која се свијала око њих и вукла их ка земљи. Кренули су на доле — а то „доле” — могла је бити било која страна света.

— Чему уопште служи оријентација? — мрмљао је Паби покушавајући да извуче леву ногу из жичане корпе за отпатке, која се ко зна каквим чудом нашла на његовој нози.

— Зато, пијани створе — Небојша га је држао око струка и несигурним корацима теглио низбрдо — да се не омакнеш кад дођеш на крај света.

— Ма шта уопште причаш... — одмахивао је Паби руком, док му је пљувачка прскала са усана. — Зар си заборавио шта ноћас величамо и оплакујемо? Ово је наш највећи интерни празник: „Ноћ бивших љубави”. Треба да се сетимо свега што је палило ватру у нашим срцима и изазивало трнце у мудима.

— И што је прошло и вратити се неће... — с фарсом у гласу додаде Небојша.

— Само се ти зајебавај и пљуј на све то — безмало плачно га укори Паби. — Тиме пљујеш и на оно што ти је најсветије у животу — на твоју младост...

— Ма немој да си на крај срца. Све је релативно.

— Немој ти мени *релативно*!!! — јаросно повика Паби. — Хоћеш да кажеш да су Пуслицине сисе релативне! Чиста петица. Првокласно месо. Кад их зграбиш неће ти се дићи само ако си мртав.

— Сличне су биле и Ирена, Магдалена и Зденка... и многе друге... И биће их још. Зато немој одвећ да жалиш. Овај празник је само добар разлог да се напијемо.

— То!!! То хоћу да чујем! „Биће их још.” Е, таквог те волим — Паби у наступу правог пијаног заноса мокрим уснама изљуби Небојшу у оба образа. — А сад — додаде патетично и гордо — можемо и на крај света!

Доспели су у сплет малих улица, дворишта са клозетима и баштама. Ту и тамо зелено се разнедрила понека липа. Тек овде, на Дорћолу, заиста су могли да чују како тај град дише, како се попут спавача гласа ноћним звуцима — ретком шкрипом кревета кроз одшкринуте прозоре, хркањем, мачјим корацима и негде у дубини, чак у утроби — лименом буком ђубретарског камиона.

Заћутали су пред ољуштеним, нагнутим зидовима, картографијом влажних мрља које су избијале из сенки само ако се приђе довољно близу. Хватали су се за дрвене плотове, заобилазили непотребне саобраћајне знаке, док су им у ципеле хрлили ситни каменчићи и песак.

Остали би у том лавиринту и кружили њиме попут капетана, чији брод никад неће бити поринут, јер може да плови само по месечини, али их њихова омамљена чула ипак не изневерише. Нашли су, нањушили, предосетили, неким чулом за влагу и пролазност, чулом које никад неће бити дефинисано — пут до воде — и кренули ка реци — тој тромој бештији што привлачи као магнет.

Успели су да негде, при самом крају кеја, крај обалског растиња, пронађу забуном остављену клупу. Хладан и зимогрожљив језик се пружао са таласастих речних леђа и палацао по њиховим лицима и телима изазивајући дрхтавицу. Тешке главе су им клонуле, а уста као да су се уморила од отварања...

... Тргла их је сирена. Буновно су зурили у тамно-пепељаст освит и окретали укочене вратове. Право испред њих промицао је велики туристички брод украшен стотинама бледих светиљки. Са палубе је допирала музика. Путници су се комешали. Фракови, смокинзи, дуге сатенске хаљине. Поједини парови лагано су играли.

— Бал под маскама — храпаво прозбори Паби.

Стварно. Небојша је тек сад приметио да многи путници имају маске. Брод га је по много чему подсећао на оне што су негда крстарили Мисисипијем, а данас уз помоћ целулоида плове филмским платнима широм света.

Ништа се није чуло осим шуштања таласа и све тише музике. Велики точкови на боковима су се окретали, али, незнано због чега, Небојши се чинило да тај невероватни брод плови само уз помоћ речне струје.

— Дивно — замишљено рече Паби — вероватно плови према Црном мору...

/ Барка. Да, баш као она чувена барка. Паби ништа не схвата... / Небојша се нерасположено и меланхолично загледао у наговештај младог свитања над градом.

— А сада! Повратак у срце велеграда! — поново бодар и живахан, командова Паби. — Правац „Ариље“. Реквирираћемо лонац најкиселије чорбе на свету.

Довукоше се до још крмељивог аутобуса који је бректао на почетној станици. Окружени најтврдокорнијим градским раораниоцима убрзо полетеше ка врховима велеграда. Сиђоше код главне поште и пресекоше кроз Пионирски парк. Иза једног повећег жбуна набасаше на Наума и Калиу и тај неочекивани сусрет им моментално развеја трагове мамурлука и поспаности. Њих двоје су се држали за руке, а Калиа је преко очију имала бели повез који брзо скиде.

— Побогу брате! — завапи Паби. — Па имали сте празан онолики стан, а ако се снебивате могли сте то обавити и код ње у хотелу. А можда вас... баш ово пали...

— Паби, није оно што ти мислиш — процеди Наум, док су му се на лицу мешале црвена и бела боја. — Тражили смо... — застаде као да смишља шта би рекао — тражили смо њену... пудлицу.

Калиа се без речи, љутито, удаљи крупним корацима.

— Извините... морам да идем — додаде смушено Наум и изгуби се у трену.

— Није него — промрси Паби док је празнио велики тањир киселе чорбе. — Тражи пудлицу са повезом преко очију... Нисмо се видели низ година. Живимо далеко један од другог, свако свој живот, али, он ми је ипак рођени брат. А ово, ово је превише! Уопште не познајем тог човека и не знам шта се с њим дешава.

— Има ту неких чудних ствари — сложи се Небојша. — Прочитавши моју теорију о конструкцији и деструкцији, Калиа ми је предложила да се упишем на специјални Нежидов курс. Потпуно бесплатно.

— Ајде?! — Паби зину од чуда. — Ниси ваљда пристао?!

— Не. Рекао сам да ћу поразмислити...

— Ја знам да филозофи могу бити мало... на своју руку, али, та индијска профукњача која добро говори српски, није ми уопште симпатична. Понаша се као... као права секташица! Да — настави Паби очигледно задовољан термином који је нашао — шта ти мислиш да се мој брат није увалио у неку секту?

— Можда... — рече Небојша преко залогаја — а можда је нешто и горе од тога...

Паби побледе и затресе главом. Кисела чорба му више није била потребна...

Салвадор Дали

— Предосећање грађанског рата

Ветровито и ведро вече постепено се претварало у облачну ноћ. Са Запада је стизао обилан, тмасти фронт. Његова доња ивица је као брид длана брисала контуре које су се уздизале пут неба.

Нека скоро неосетна нервоза, можда чак изазвана променом времена, увлачила се у све поре материје. Касни љубавни парови су се брзо и летимично дотицали. Прсти су им били мање радознали или више смушени но обично. У тами би праснула понека љубоморна реч. Ретке сијалице би осветлиле с времена на време испитивачке погледе. У овој ноћи лица нису веровала једно другом. Тражила су неке уверљивије знаке од тих растегљивих кожних љуштура. Чак ни ретки, сладострасни уздаси у Кошутњаку, нису имали ону пуноћу и замах који обично достижу у пролеће.

Ноћни таксији су фаровима дуго и упорно пипкали помрчину. У њиховом кретању назирало се нешто узнемирујуће, чак хаотично. Уморни, кркљави глас из централе, слао их је у вегетативне системе града и они су кретали храбро, попут свитаца.

Људи иза тих ветробрана били су више но икад слични *hommo automobiles*-има, тим доброћудним монструмима с краја цивилизације. И они су полако напуштали поприште улица и остављали га случајним пијанцима и бескућницима.

На улицама је живот још једино струјао у дрвећу...

... И онда је нешто почело да мрмља изнад улица и раскршћа, семафора, електричних каблова...

Беше то тих, неразумљив шум као лагано лупкање камена о камен и метала о метал. На крововима и фасадама полисових здања почели су да се мешкоље кипови и барељефи. Скоро неприметно су покретали кишом и ветром изглодане прсте, посне усне и празне очи. Камена прашина чврсто насута у њихова уста, изобличавала је ионако слабо артикулисане камене гласове. Чуло се шиштање и мљацкање камених чељусти. Али и то је било довољно да разумеју једни друге. Отео се један бронзани уздах, тежак и свестан своје немоћи.

Мрмљање је полако замирало. Кипови су престали да се опиру. Вратили су се поново у своје непробојне плаштове ћутње и сесилности.

Негде пред сам крај те неспокојне ноћи, далеко на западу појавила се мрља црвенкасто-наранџасте светлости. Изгледало је на тренутак да ће се разгорети и запалити небо што је окружује. Међутим, она је само запламсала неколико пута и угасила се као шибица на ветру...

Вељко Станојевић — Девојка у зеленом
(уље на платну)

Младен одложи књигу и баци поглед кроз прозор свог кабинета. Стари парк је опет бујао. Учини му се да под зрацима залазећег сунца младо лишће резеда зелене боје полако постаје смарагдно. Са улице су допирали гласови предвечерја. Из даљине се чула — бар тако му се чинило — несташна звоњава трамваја.

Више није имао жељу да поново узме књигу са стола. Кабинет му је изгледао некако увео: полице с књигама, велики радни сто, лампа. У углу су се погрбили витрина са наставним прибором и лавабо у који је из покварене славине откапавала вода равнодушно одбројавајући време. Погледа своје шаке — стерилне, као да заједно са свим овим стварима припадају јесени.

Врата се отворише нагло, без куцања. Био је затечен, гледајући безизражајно у своје дланове.

— Мислила сам да те нећу затећи — добаци Сузана с врата и стровали се у најближу од четири зелене клупске фотеље. — Људи су просто полудели. Дочекали су пролеће као бродоломници спасилачки чамац. А ти? — одмеравала га је погледом неколико тренутака. — Изгледа да од свега ништа не осећаш.

— Осећам — Младен је ставио наочаре у футролу — али неко мора и да ради.

— Звучи као сумњив алиби — Сузана запали цигарету.

— Знаш, мила — глас му зазвуча помало иронично — не могу сви да добију каријеру и положај на сребрном тањиру.

— Ти као да се кајеш због неких својих поступака?

— Не, него констатујем истину.

— Добро, ако више волиш истину... — Сузана направи покрет као да ће да устане.

— Па зар ти мислиш да не бих волео да све ово пошаљем доћавола?! — Младен тресну књигом о сто. — Али, лова не пада с неба. Него, кад смо већ споменули истину — он устаде, стави шаке у џепове панталона и поче да шета по просторији — с ким си пре неки дан била у викендици?

— Била сам сама. Досадило ми је у стану. Пожелела сам да се одвезем тамо.

— Морам ли да ти верујем?

— Не мораш.

— И нећу...

Те вечери док је лежао у свом брачном кревету поред Милене, која је нешто читала до касно у ноћ, Младен осети неку нелагодност која му се јављала при помисли на читаву ту осмогодишњу мелодраму. Његова и Сузанина веза постала је толико извесна, скоро као нека врста брака.

Тренутак пре него што га опхрваше слике из детињства којим су често почињали његови снови, помисли како би ту везу требало освежити... освежити свежином пролећних паркова... мисли су већ почеле да му се преплићу у полусну.

Салвадор Дали — Турска купка

Јо је лежала на леђима потпуно нага. На кухињске плочице је са њеног тела ту и тамо склизнула понека кап боје. Њен горњи, односно предњи део тела, био је богато премазан воденим бојицама и темпером од хладнијих ка топлијим бојама и то по принципу ерогених зона. Дојке су јој у основи биле премазане жутом, у средњем делу наранџастом, а при врху, укључујући и брадавице — интензивно црвеном бојом. Стомак је такође, што се више спуштао ка Венерином брегу, бивао све *топлији*, док је сам жбуниħ просто дречао од — јебозовно црвене боје. Бутине, од препона, спуштајући се ка коленима и потколеницама, од врелих прелазиле су у све хладније тонове.

Над њом је стајао Небојша с белим платном ширине једног метра и дужине око 170 сантиметара, спремајући се да га по Јоином упутству спусту на њу.

/ Не дај Боже, као да је умрла... /

— Прво га смотај у чврсту ролну, а затим полако одмотавај и притискај да би боја са тела прешла на платно — давала му је Јо инструкције.

Кад је стигао до пубиса, Јо повика:

— Сад мораш притиснути јаче! Ту платно мора бити најцрвеније. Какав ће иначе то модернистички акт бити?!

Кад су дошли до краја потколеница, зазвони телефон. Небојша се обрадова што има добар разлог да прекине ову досадну егзибиционистичку гњаважу Далијевског типа и у три корака се нађе крај телефона.

— Хало, Небојша ти си? — зачу узрујан Наумов глас. — Морамо се неизоставно видети што пре. Али... да се нађемо на неком неупадљивом месту...

— Добро. За један сат у ботаничкој башти. Ту обично нема никога.

— Склањај ово платно са мене, али пажљиво! — повика Јо. — Нећеш се извући док ово не завршимо! Ко је звао?

— Наум. Као да га нешто мучи...

— Није ни чудо кад се дружи са оном фригидном азијаткињом.

— Индијком — исправи је Небојша.

— Велике ли разлике...

Што је више скидао платно са Јо, Небојша се све теже суспрезао да не прсне у смех. Најзад, кад је завршио, ухватио се за стомак и пресамитио се од смеха. Јо је личила на огромну, живу, шарену мрљу...

— Само се ти смеј, кретену један! — повика Јо и пожури пред огледало. Кад се виде, забезекну се као да је видела страшило и највећом могућом брзином отрча у купатило.

Коста Хакман — Париска улица
(уље на платну)

Низ слике и леђа старог Циганина текле су сузе. Дорђол се згуснуо у испреплетане уличице пуне контејнера и лешева старих аутомобила.

— Слике!!! Слике!!!

Све су то били другоразредни портрети тужних дечака и девојчица чије су очи лиле праву кишу суза. Још је Циганинов отац тврдио (мада ни сам није знао због чега) да се такве слике најбоље продају баш овде, у срцу некадашњег Јеврејског кварта, иначе познатог по сузама.

Глас је лутао од зида до зида, од пекаре до пекаре. Масни буреци и погачице са сиром пловили су ваздухом, омамљујући Циганинове бркове и његове гладне вилице.

Слике су бивале све теже, а њихове сузе су се лепиле за асфалт сваким кораком све више. Најзад је нашао купца за једну од њих. Као препорођен, растерећен пође да нешто поједе. Када је најзад хтео да плати, у новчанику уместо пара нађе пуно сребрних куглица и понеку сузу која још није стигла да се претвори у сребро...

Фредерик Шопен — II клавирски концерт у еф-молу, опус 21

Наум је седео на клупи дубоко забаченој у зелена недра баште. Пришавши клупи Небојша баци поглед на ближње дрво. Била је то жалосна врба.

— Да није то неки симбол? Зашто си изабрао клупу покрај жалосне врбе?

— Избор је био сасвим случајан. Отишао сам мало дубље у башту да се склонимо од радозналих погледа.

— Не брини — одмахну руком Небојша — овде, нажалост, скоро нико не навраћа. Београђани једноставно немају дужно поштовање према својој зеленој лепотици.

— Хтео сам, заправо... — Наум као да је тражио речи — да ти испричам још нешто о Фениксу и Нежиду, али неке ствари су се мало искомпликовале... Десило се нешто што није требало да се деси.

— Не разумем. Шта се десило? — упита Небојша.

— Наш јутарњи сусрет у Пионирском парку.

— Па добро... Било је мало необично, да не кажем смешно, али ништа више од тога.

— Калиа то гледа на другачији начин. Забранила ми је да се више виђам с тобом.

— Чекај! Чекај! Како може да ти каже тако нешто?

— Може... — рече Наум стегнута грла. — Одмах је обавестила и Нежида.

— Не разумем зашто је тај глупи, случајни сусрет толико важан?

— Јер смо она и ја тог прасказорја тражили Феникса. Ако искључи чуло вида, она може, заправо сматра да може, да осети његово присуство.

— Невероватно... — промуца Небојша.

— Да. Морао сам то да ти кажем. Осећао сам обавезу да те упозорим.

— Не видим сврху тог упозорења...

— Калиа претпоставља да ћеш га можда ти срести... Ако дође до тог сусрета не смеш бити неспреман.

— Мислим да ви заиста претерујете — Небојша одмахну руком као да жели да одагна све то од себе.

— Срећом, био сам предострожан и нисам јој рекао да смо причали о Нежидовом курсу и Фениксу. Ако би сазнала да смо причали о томе и да сам ти сада рекао зашто смо допутовали у Београд, не бих се баш пуно наживео.

— Ма ајде...

— Озбиљно. Полазници Нежидовог курса имају строг кодекс понашања. Прекршај кодекса повлачи за собом казне.

— Добро да нисам пристао да се упишем на тај курс...

— Значи, предлагала ти је... Шта си јој одговорио?

— Рекао сам јој да ћу да размислим...

— Паметно си поступио. Шта бих ја дао да се нисам уплео у то... али сад је касно... Дакле, све се слаже. Феникс ће се неког од ових прасказорја спалити у Београду. Ово је петстота година од његовог последњег рођења.

— Зашто је избрао баш Београд? — упита Небојша.

— На то питање ти не могу прецизно одговорити. По неким древним записима он бира место највећих супротности — оних које већ постоје и које ће се појавити у будућности. На пример највећа концентрација лепоте и позитивне енергије с једне стране и разарања и смрти с друге. Нешто као Јин и Јанг...

Да би наставио да живи он се спаљује. Калиа и ја га морамо наћи да би покупили што више његових старих пера, које пре спаљивања у великој мери одбацује. Ако се не покупе и она ускоро изгоре.

— Чему служе та пера? — упита Небојша.

— Она свом власнику продужавају живот... и то прилично...

— А ко би у овом случају требао да буде њихов власник? Претпостављам Нежид?

— Нисам више сигуран... Однећемо их Нежиду. Али, да ли ће он неко перо дати и Калии, то заиста не знам.

— Зашто уопште Нежид жели да себи битније продужи живот?

— Небојша, питање ти баш и није на месту — Наум развуче усне у танак осмех. — Шушка се да Нежид већ има неколико стотина година... А можда и више. Његово знање, искуство, а право говорећи и моћ, заиста су велики. Међутим, смрт је у стању да све то поништи. Пред њом су ништавна и највећа богатства. Једини начин борбе против ње је куповина времена. Тако Нежид на овај или онај начин, преко физике и метафизике, хемије и алхемије, беле и црне магије већ вековима купује време.

— И тако све мање остаје човек, а све више постаје демон...

— Демон, супер-ум, или нешто треће — настави Наум — можеш га назвати како хоћеш, али све мање га можеш схватити и спознати. Уосталом, по неспознатљивости је сличан Фениксу.

— Ви сте му само, рекао бих, оруђа. Извршиоци његових планова.

— Можеш и то назвати како хоћеш. За трунчицу мудрости пали смо у заблуду из које се тешко можемо извући. Али, морам да ти дам неколико савета уколико се заиста сусретнеш са Фениксом. Постоје само две или три особе које су присуствовале његовом спаљивању. И то зато што их је он одабрао.

— Па како се онда Калиа нада да ће га опазити? Она сигурно неће бити одабрана.

— Узда се у своје шесто, седмо или које ли већ чуло — настави Наум. — Према легенди, човек који види спаљивање и поновно рођење Феникса, недуго затим ће умрети. Међутим, постоји и теорија да је то могуће избећи. Потребно је поглед оборити ка земљи, покупити одбачена пера, ставити их у недра и што пре се удаљити одатле.

— Нешто ми ту није јасно. У једној књизи о симболима сам прочитао да се Феникс поново рађа три дана након спаљивања. Како је могуће да га нико не види током тог временског периода.

— Време, као и све друго везано за Феникса, је релативно — покуша да му објасни Наум. — И поред свега што знамо и нагађамо о њему он је једна од највећих непознаница. Одабрани сведок спаљивања умире, али Феникс постаје заштитник тог места или града, дајући му из свог пожара искру вечности.

— Вероватно постоји јак разлог зашто Одабрани умире... — гласно је размишљао Небојша.

— Не знам да ли је та смрт казна или награда. Мој ти је савет, ако будеш сведок тог призора, зграби пера и задржи их за себе. Не дај их Калии.

— Не бој се. То се неће догодити. Мада, морам да признам, на известан начин ценим ту Нежидову жудњу за сазнањем. Његов начин је свакако веома удаљен од етике...

— И ја сам у почетку гајио симпатије према професору. Међутим, током времена сам, између осталог и на својој кожи, осетио да код њега циљ оправдава било какво средство. Једноставније речено, прегазио би, ако је потребно, преко шест милијарди лешева, да се домогне свог циља... Сад идем да легнем и мало одспавам. Веома сам уморан.

— И ја сам уморан. Код куће ћу сложити коцкице мозаика овог разговора с тобом... и упамтићу га...

Пјетро Консагра — Дијаболичан разговор
(скулптура)

Отегнута звоњава телефона лагано се ширила кроз Небојшину собу. Он се, спустивши ролетне и ставивши јастук преко главе, изоловао од сунчаног поподнева и остатка света.

Упорни звук је попут комарца пролазио кроз наборе јастука и својим таласима дотицао његово ухо, све више урушавајући ионако крхки поподневни сан.

— Ко је па сад!? — дрекну љутито Небојша и зграби ту бездушну пластичну звер.

— Извини ако сметам... Можда си спавао? — у слух му склизнуше попут баршуна меке Калиине речи.

— Покушавам да спавам — мрзовољно одговори.

— Остао си ми дужан један одговор. Да ли си у међувремену размислио?

— А, то... Да. Размислио сам. Не желим да постанем полазник Нежидовог курса. То ме једноставно не занима.

— Мислим да чиниш велику грешку! — баршун се нагло претвори у кострет. — Ниси свестан шта тиме пропушташ и без чега све остајеш. Да сам на твом месту још једном бих добро размислила.

— Калиа, ниси на мом месту! А сада бих наставио да спавам — рече Небојша опоро и баци слушалицу назад на телефон.

...„У граду нема природне смрти”... — Лука П.

Хлеб је мирисао на паштету од јуче. Исекао је две танке кришке, старим, већ истањеним ножем и почео полако да жваће. Нож је склонио даље од себе. Мрзео га је, као што је мрзео и све што га је окруживало: мали кухињски сто, две ољуштене хоклице, кревет, полицу за књиге. Гризао га је презир (и придављивала клаустрофобија) према половини мансарде коју је делио са старцем. Стари је иза танке преграде сваке вечери умирао од кашља.

Кад је најзад покупио и мрвице с папира који му је служио уместо стољњака, Лука устаде и приђе кревету. Укључи сијалицу коју је прикачио на кровну греду. Гола сијалица блесну као колено.

На кревету неколико папира са откуцаним песмама. Сутра опет исто, као јуче и прекјуче: од редакције до редакције.

У најтамнијем кутку мансарде почеше да искрсавају лица уредника: равнодушна, зачуђена, слаткоречива... На Лукином лицу заиграше мишићи. Осети напад жестоког гађења.

— Једног дана ћете ви мене молити!

Глас се попут сувог праска разлеже малом просторијом. Зачу ударце у преграду — стари није подносио буку.

— Зашто не цркнеш већ једном!? — заурла Лука.

Вечерња гама градских звукова допирала је кроз мали, кровни прозор. Поче да претура испод сталаже. Ноге му до колена упадоше у стаклени звекет.

— Празне, све су празне — љутито је понављао.

Седе поново за сто. Гризао је дрвену оловку. Љуспе фарбе остајале су му на језику.

Око пола три стровалио се у кревет. На столу је остала песма под чијом тежином је стењао успавани град.

Не дајте да вам лишће очи затрпава
у граду нема природне смрти,
град је мртвац што се прави да спава,
док се над њим Харонов чун врти.
....
Хајде зоро, нађи себи грану
где поетике цвркућу к'о птице,
свевишњост им нуди смрт изабрану,
хајде Аде, откриј гњило лице...

....

Фредерик Шопен — Ноктурно у еф-молу — опус 15, бр 2

Паби је седео за столом забарикадиран добро испражњеном флашом *Хавана клуба*. Лице му је било намрешкано попут печене кисслс јабуке. Када је Наум ушао, он му главом показа да се смести за сто и гурну ка њему чашу пуну леда, лимуна и златкасте течности.

— Не могу — узврати Наум.

— Пиј! — Пабијев глас тупо прасну као ударац маља.

Наум невољно дохвати чашу. Отпи мали гутљај, а затим још један, нервознији, већи.

— Причај! — још једном се огласи маљ Пабијевог гласа.

— Не знам... заправо...

— Чак и слеп човек, а ја хвала Богу то нисам, види да си у говнима. Без обзира што свако живи свој живот, што смо далеки на све могуће начине, брат си ми. Причај, да видим како да ти помогнем. Овде се, парама и везама, још увек може учинити све... или скоро све. Имам и једно и друго. Ако морамо неког да кокнемо, средићемо и то.

— Хвала ти... Морам да признам да си ме гануо — Наумов глас пуче и претвори се у дрхтави шапат.

— Ма дај! Нећемо сад цмиздрити. Хоћу да чујем, али све!

— Ти знаш да сам по завршетку студија филозофије уписао посебан курс професора Нежида.

— Да. И то је вероватно нека секта или слично срање...

— Није секта, мада... — настави Наум тражећи речи које ће брату што тачније осликати његову ситуацију. — Да ли се сећаш да си ми једног лета кад сам дошао на школски распуст код тебе у Београд с усхићењем читао народне пословице и изреке? То је била нека необична књига, народне мудрости или сановник...

— Не сећам се! — прекиде га Паби. — Пређи на ствар.

— Упамтио сам једну лепу пословицу. Она најбоље описује мој садашњи положај. Мислим да гласи отприлике овако: *Дала баба грош да уђе у коло, а два да изађе.*

— Значи, одатле нема изласка — тешко уздахну Паби. — Да чујем како си доспео у та говна.

Наум укратко исприча брату како се обрео на Нежидовом курсу и како је касно схватио да заправо не постоји исписница из тог кружока.

— Само ми реци шта је он у ствари? Је ли уопште човек? — једва прозбори Паби скрхан тежином Наумове приче.

— Не знам... оградио се купљеним временом, стеченим искуством, разноразним магијама, моћима и ко зна чиме још. Можда је, евентуално, некад давно и био човек, али сада, сада више не верујем...

— Аман! Како да те извучемо из тога? — високим шапатом простења Паби.

— Никако... Чак и да извршим пластичну операцију и изменим лични опис, уз Калиину или нечију другу помоћ, мислим да би ме препознао по души. Ипак, не брини. Све и да му не донесемо Фениксова пера он ме неће убити. Бићу му још потребан.

— Да. Требаћеш му док те потпуно не истроши. А онда ће те одбацити као стару најлон кесу...

У соби је завладала дуга тишина. Преко ње је почео да се спушта тмаст пролећни сумрак, који је убрзо смолом непрозира залио читаву просторију.

Микеланђело Буонароти — Пиета
— црква Св. Петра у Риму

... Лежала је на црвеном тепиху чудно опуштена, мирна. Удови, још топли, без грча, лице спокојно. Очи прекривене праменом смеђих увојака. Полако је обишао око ње. Већ дуже време се плашио тога. Стално је повећавала дозу... — Мало више, још мало, „степеник ка апсолуту" — често је говорила.

Најзад ју је узео у наручје и пренео на кревет. Није веровао да тело може бити *тако* мртво. То је било као, као... велика мртва птица која се полако окамењује. Чаршави су се последњи пут обликовали према њеном телу.

Наместио јој је косу и склопио очи. Било је то као да дотиче перику или косу велике, дечје лутке. И лице јој беше луткасто — невино, али мршаво. Присетио се: дечје лутке увек имају пуначке образе.

Навукао је ролетне. Кренуо је. За њим су крцкале ствари — или њен дух у њима.

На улици је осетио: и он ће ускоро стићи у врт деце цвећа...

Марк Шагал — Рођендан

Небојша је лежао на леђима погледа упртог у плафон. Са прозорског симса су се вечерње оглашавале гугутке спремајући се за починак. Његове мисли биле су заокупљене разговором у Ботаничкој башти. Она жалосна врба поред које је сео Наум стално му се врзмала по глави. Покушавао је да одвагне, да одвоји реално од иреалног у целом том галиматијасу, али није успевао. Такође је покушавао да не мисли на то, да се концентрише на озбиљан разговор који му је предстојао са Јо. Ни то му није полазило за руком...

Ушла је нагло, попут пролећне олује пуна покрета боја и мириса, треснувши при том вратима.

— Изгледаш као да су ти све лађе потонуле!

Гледао је и даље у плафон док је она узела две чаше, сипала *Хавана клуб,* ставила коцкице леда и лимун. Тек је тада устао и сео за сто.

— Знаш... хтео сам озбиљно да разговарамо о нашој вези.

— По твојој фаци видим да ће разговор бити озбиљан, да озбиљнији бити не може — Јо искриви лице у сатиричну гримасу.

— Већ си почела да зезаш, а разговор нисмо ни започели.

— Обећавам... бићу мртва озбиљна...

— Видиш... — настави Небојша — ова наша веза је дуга и озбиљна и захтева од нас...

— А, значи у том грму лежи Амор! — прекиде га Јо отпивши велики гутљај рума. — Нашао си неку другу, или си размишљао о женидби, па те та машна одвећ стеже око врата.

Небојша љутито одмахну руком и прихвати се чаше.

— Знао сам да с тобом не могу озбиљно да разговарам... Није реч о другој, није реч ни о женидби... мада, заправо у крајњој инстанци и јесте.

— О, па то није проблем! — подсмехну се Јо. — Уместо брачне кравате, вежи необавезнију лептир машну, која мање стеже и биће све у реду.

— Ма пусти ме на миру с тим машнама! — дрекну Небојша. — Покушавам нешто да ти кажем, а ти машне па машне... Једноставно речено, не видим перспективу ове наше везе. Не видим себе као мужа. Не могу да замислим себе као оца. Чему ћу ја моћи да научим ту децу у животу? Па видиш да и сам пипам около као слеп, оптерећен толиким питањима на које не могу да дам одговор.

— Не брини за то — Јо се насмеши искрено и самилосно. — Деца ти неће постављати таква питања на која им ти нећеш моћи одговорити. Мала деца не познају филозофију...

— Али шта да им једног дана кажем о животу?

— Ништа важно. Само да га је потребно живети и то ће бити довољно. Тек када одрасту, можда ће себи постављати слична питања као ти. Мислим да ту туђа искуства и одговори не помажу, па макар их упућивао и властити родитељ.

— Мислиш да је тако... Хвала ти, сад ми је мало лакше. Знаш... налазим се пред нечим неспознатљивим и не знам да ли ћу изаћи на крај с тим. То може бити пука опсена, али може представљати и неизбежну реалност. Немој тражити да ти то објашњавам. Волим те сада, у овом тренутку. Не могу ти ништа обећати за будућност...

Ухватила га је за руке и четири шаке су се испреплетале на столу.

— Не брини. Никад нисам мерила љубав временом које је прошло, нити оним које ће доћи. Мерила сам је снагом емоција у датом тренутку. Шта год било са њом, или са нама, дуго ћу је памтити.

— Хвала ти... — прошапута Небојша и пољуби јој руку. — Хвала ти моја добра, стара Јо.

Остатак вечери су прећутали у чврстом загрљају. Једини звук који је реметио таложење мрака у соби било је пуцкетање леда у чашама...

Џон Бедем

– Зашто сте ме осудили на живот?

(филм по роману Брајана Кларка)

Кроз прозор се полако цедило јутро као што се кроз цевчицу цедила инфузија и улазила у Антејеву руку. Није морао да отвара очи — знао је тачно где се шта налази у соби. За ова три месеца научио је осмехе сестара, охрабрујуће стиске докторских дланова на подлактици. Знао је и то да му је десна половина тела својом безнадежном непокретљивошћу постала непријатељ.

Стара је долазила сваке недеље забрађена, с поморанцама купљеним на брзину. Доносила је мирисе земље и биљака у наборима широке сукње. Кришом би утрла понеку сузу, причала о селу дуго, детаљно, о селу коме је град све више примицао своју настањену шапу.

Антеј би касније појео поморанцу, а онда је дуго левом руком гњечио њену кору.

/ Боже, каква је то земља из које ничу овако дивни плодови? / А он на своју земљу неће моћи чак ни да стане, као раније, после дубоког орања у две миришљаве и топле бразде.

Већ крајем првог месеца боравка у овој соби, почео је да осећа земљу. Било је то прво у хлебу, нешто ситно што шкрипи под зубима, затим љуске неопраног кромпира. Могао се чак опкладити да су другим болесницима сваки пут доносили све веће саксије, а биљке у њима бивале су све мање.

Прозор је нагло треснуо. Тргао се... Кроз прозор је улазила и у собу се полако смештала цела његова њива. Знао је да се ово једном морало догодити. Једну по једну извадио је све игле и цевчице из својих руку. Њива се савијала око њега док није формирала својеврсну плаценту. Целим телом осећао је земљу.

Уместо крви, венама му најзад потече земља.

Оља Ивањицки — Радост живљења

Младен је преко велике површине радног стола у свом кабинету зурио у пљоснати сиви телефон, а заправо га није видео.

Осећао је њен додир. Додир старе, искрзане свиле, који полако почиње да буди гађење. Некада омиљене, али сад већ изанђане кошуље, треба се отарасити што лакше, неосетније, јер се поцепала.

Већ је предузео кораке и сад је очекивао реакцију... Уместо звоњаве расклиманог телефона треснула су врата. У њима Сузана, горопадна звер. Двадесет седам година, а већ стара, али, да ли то сме признати себи, још увек у стању да код њега изазове понеки трачак пожуде. Можда понајвише због њене љутње која ју је увек чинила дупло лепшом но иначе. Тај врцави сјај у очима, природно руменило зажарених образа... све га је то подсећало на почетак њихове љубавне романсе. Али, већ беше одлучио да ће данас бити све готово.

Стрпљиво је чекао да се из тих лепих уста на његов сто излије бујица увреда и заједљивих коментара.

— Ја технолошки вишак!!! То си ми ти сместио, свињо матора. После осам година, јебање са мном није ти интересантно. Не диже ти се, а?!... Опет ћеш бацити око на неку бруцошкињу. Све испочетка, вечере, стан, кола... Службена путовања — у викендицу на оргије за двоје... Али, није Сузана наивна, не копча се на леђа. Погледај ову торбу! Пуна је којекаквих говнарија о теби. Неће их добити само твоја жена, него и фамилија, факултет, Академија наука — ха, ха! Која препорука за будућег академика.

Док је убитачни монолог излетао из ње, Сузана је помно осматрала Младеново лице. Што је време више одмицало, бивала је, дубоко у себи све уплашенија. Његово лице није изражавало ништа. Само некакву тврду решеност. Изостало је све оно чиме се Сузана надала да ће се наслађивати: збуњеност, страх, очај, пораз, молбе.

Као што је нагло почела — бујица је нагло и престала. Сузана је ућутала. Стајала је знојава и задихана.

— Значи, завршила си...

Глас се попут леда увлачио у све прегибе њеног тела и паралисао их.

— Постоје два начина да ставимо тачку на ових углавном лепих и обострано корисних осам година.

Хтела је да нешто каже али наслути сву узалудност свог положаја.

— Та торба би могла да уздрма моју каријеру — ако би материјал из ње доспео тамо где треба. Кажем *ако*, јер тешко да ће те та торба и ти далеко стићи. Погледај кроз прозор. Онај човек у парку очекује да ти сиђеш.

У два корака се нашла крај прозора. Човек у сивој тренерци седео је на клупи и наизглед незаинтересовано гледао ка Младеновом прозору. Осети како је обузима дрхтавица. Једва обуздавши клецање колена вратила се према столу.

— Ти си, значи спреман... — глас јој је звучао напукло попут сломљеног звона.

— Драга моја. Човек кога си видела може те убити за пет хиљада марака, тихо и без трагова... Али, сматрам да ти вредиш више. Остави на сто ту торбу, кључеве од стана и кола и немој се више никад појавити у мом животу. То вреди двадесет хиљада марака. Разумно, зар не?

— Остави ми бар кола...

— Добро, нека ти буде.

Младен одброја двадесет крупних новчаница, а затим узе торбу и кључеве и стави их у преградак радног стола.

— А онај што ме чека напољу? — још увек са зебњом упита Сузана.

— Управо је остао без посла — заједљиво се насмеја Младен и пришавши прозору махну човеку са клупе. Човек климну главом и удаљи се брзим корацима.

— Мислим да је овако најбоље за обоје... — прекинуо га је нагли тресак врата. Поново је био сам у кабинету. Сипао је пола чаше вискија и почео лагано да га отпија.

Сузану је опет обузимао бес. Чврсто је држала волан да јој руке не би подрхтавале.

„Матори, развратни убица... ни од чег не би презао... Па добро, нисам остала кратких рукава. Са овим парама ћу отворити пржионицу кафе. Ако будем желела могу да купим и радно место лекара у Дому здравља... Или ћу отворити кафић, па нека сви пукну.”

На врхунцу љутине која је заправо произилазила из властите немоћи, Сузана се сети догађаја из ташмајданског парка. Љутину и неисплакане сузе замени дубоки мир и осећај сигурности. „Била сам одабрана да доживим чудо. То је предзнак... и то добар. Живот је само један и не треба га траћити на глупости...”

— Почећу живот испочетка. Биће то једна нова Сузана... — последње речи изговори шапатом као у неком заносу. Већ потпуно смиреним и сигурним покретима усмери свој Mini GT према ибарској магистрали...

потпуно смиреним и сигурним покретима усмери свој Mini GT према ибарској магистрали...

Лудвиг Ван Бетовен — V симфонија

Небојша се непосредно пред освит враћао кући Косовском улицом, а затим је кренуо пречицом кроз Пионирски парк. Паби га је касно синоћ позвао напуклим, загробним гласом.

— Дођи да се напијемо до смрти. Друже мој, имам тако лош предосећај.

Те вечери је Небојша гледао Пабија и први пут није могао да верује својим очима. *Хавана клуб* није деловао на његовог пријатеља. Заклети оптимиста бивао је све пијанији и тужнији, док најзад није гласно зајецао.

— Немој да плачеш као нека пичка! — љутито повика Небојша. Бахатошћу и љутином је прикривао своју немоћ — немоћ да помогне пријатељу.

— И јесам обична пичка — ридао је Паби. — Брат ће ми отићи на моје очи. Појешће га мрак пре или касније, а ја седим, пијем и плачем. А бојим се и за тебе...

— Ма ајде, све ће се некако средити. Мора да смрт и није тако страшна. Погледај свет око нас, погледај природу. Све умире и све се рађа и нема суза у том природном циклусу. Измислили смо их ми, људи...

— Јесмо, нека смо и не стидим се тих суза. Осећам да ће се ово срање завршити трагично...

Привио је Пабијеву главу на груди док је овај причао све неповезаније, правио све веће паузе и најзад заспао. Пољубио га је у чело и тихо изашао.

Хавана клуб је моћно таласао у њему као да је желео да се домогне далеких обала на којима је настао. Негде у дубини парка, његов вид замућен алкохолом откри неко светло, заправо ватру. Разиграни пламичци заокупише његову пажњу и он се нађе пред призором који га намах отрезни. Пред њим је управо почела да гори птица чију боју због пламичака није могао одредити, а могла је варирати од потпуно беле до сунчевожуте. Пламенови који су се све више разрастали у ваздуху нису му дозволили ни да пажљиво оцени њену величину и облик. Када се приближио на неколико корака, птица окрете ка њему своје крупно лево око. Азурна боја тог ока била је нешто најлепше што је видео у животу.

Бацио је поглед на младу траву на којој је неколико одбачених пера већ почело да поприма прљаво-жуту боју. У трену се бацио на њих и потрпао их испод кошуље на груди.

Све му је било јасно још пре него што је ушао у парк, крио је то од Пабија и Јо, а покушавао је да сакрије и од себе. Зебња се у његове груди угнездила још онда у Ботаничкој башти. Неким чулом које се опирало свим до сад познатим чулима, па и оним шестим, осећао је да Наум говори истину и да му је судбина, можда још пре рођења сложила коцкице баш у тај, а не у неки други мозаик. Осетио је да његова Изабраност није пуки термин уплашеног младића из Хајделберга. Знао је то по разговору са Јо, знао је то по пољупцу који је мокрим уснама утиснуо у врело Пабијево чело.

Малопре, док је одбачена пера трпао у недра мисао о бекству сину му као муња. Одбацио ју је одмах. Одбацио чак с поносом. Знао је да га је његова судбина довела управо на ову црту — на којој мора остати, иначе ће његов живот и све у њему постати више него безвредно, безвредније од пословичне прашине у коју се све претвара.

Са Истока је долетео први куршум јутарње светлости. Феникс је импозантно пламтео свим нијансама пламена. Што је више гледао пламен, чинило му се да та игра сјаја има неку смислену поруку. Азурно птичије око га је гледало из пламена нежно, такорећи очински. Пламен је почео да се претвара у слике које су се брзо померале и нестајале, а наилазиле су све нове и нове творећи неки муњевити филм. Ватра у пећини прачовека у следећем трену је била ватра древне Хеладе и ватра која гута жртве паљенице и ватра која лиже стопала Ђордана Бруна, ватра крођења и покрштавања Новог Света, огањ из пламеника ракетних мотора који су одбацивали модерне конквистадоре пут свемира и најзад, најзад, о најзад (благословена спознајо!), Небојша је био на коленима и потпуно се несвесно клањао призору који га је сасвим просветлио, призору који је наслућивао још Хераклит тврдивши да је ватра један од елемената живота. Ватра која је горела у свим живим створењима и свим стварима и попут светлећих аура излазила из свега и међусобно се прожимала.

Небојша је сасвим исцрпљен лежао на пролећној трави из које је (сада је то видео властитим очима) излазио мали, титрави, незлобиви пламичак живота и прожимао се с његовом ауром која је за ово кратко време остарила много стотина година и испуштала све тамније пламенове као пред угаснућем.

Био је срећан, смирен, нејак као мало дете... По први пут у животу потпуно испуњен. На свом рамену осетио је нежно птичије крило. С муком је отворио очи. Тик изнад њега посматрало га је друго Фениксово око. Око беше црње од најцрње ноћи и смиреније од заспалог детета у мајчином наручју.

Гледало га је дуго, толико дуго да је могао да на свом лицу осети топлину и љубав која се ширила из њега.

Када је јутарње сунце одскочило за неколико педаља, више није било ничега у парку, само је један уморан човек посртао према згради Главне поште.

***

Небојша се ушуњао у Наумову собу, открио га и раскопчао му пиџаму. Наум се трже и видевши лице свог пријатеља, би му све јасно.

— Значи, видео си га?...

Небојша климну главом и из недара извади Фениксова пера. Стрпа их испод Наумове мајице, док га је овај згрануто посматрао.

— Шта то радиш?! Јеси ли полудео?! — повика Наум. — Па теби су најпотребнија...

— Нису... — прошапута Небојша. — Мени више ништа не треба... Ја имам оно што сам целог живота прижељкивао.

Наум се следи не од речи које је чуо, већ од старости тог гласа.

— Али... шта ћу ја с њима?

— Иди и живи... и, ако пера једног дана изгоре, не бој се, све је заправо ватра.

— Али, Нежид ће ме наћи.

— Неће. Он не зна да гледа кроз ватру.

Небојша пољуби Наума у чело (као што је пољубио и његовог брата, чинило му се пре пар векова) и тихо изаће из собе. У соби остаде престрављени младић који се брзо трипут прекрсти, схвативши да се од недавног осуђеника на извесну смрт преобразио у добитника новог живота.

Едвард Мунк — Крик

Стенли Кјубрик — Одисеја у свемиру 2001

(по роману Артура Кларка)

Полумрак Небојшине собе пресече нагли тресак врата. Унутра, попут фурије, улете Калиа и устреми се на младића који је обучен лежао на кревету. Снажним трзајем му поцепа кошуљу и подиже мајицу.

Небојша, који је дотле био у полусну, отвори очи и осмехну се осмехом старца.

— Прекасно, Калиа, прекасно. Нико од вас, Хајделбершких бештија, неће добити пера.

Калиа га ухвати за грло и поче да га дави.

— Говори! Где су пера?!

— Код оног коме су најпотребнија.

Затим зграби њене руке и скиде их са свог врата, огребавши у том отимању Индијку до крви.

— У помоћ!!! — крикну она пренеражено гледајући капљице крви на својој подлактици. — Умрећу... — прошапута као у трансу. — Изабрани је пролио моју крв.

Ридајући и чупајући косу она излете из собе.

— Видећеш, то и није тако страшно... — добаци тихо Небојша за њом. — Мада, у твом случају...

У том тренутку на огледалу поред врата виде црно Фениксово око. Оно је заузимало скоро целу површину стакла и спокојно га је посматрало. Небојша се сетно насмеши. Осети како полако губи тежину и почиње да лебди. Тада се његово тело као нека необична ваздушна лађа управи ка огледалу и стаде да плови ка оку. Затим се наже ногама надоле и поче да понире у тај велики, црни простор.

Онда примети јата и ројеве ситних, треперавих тачкица, маглине, облаке гаса, комете... Насмеши се још једном и препусти се лепоти тог дугог путовања у бескрај.

У ЗНАКУ ФЕНИКСА

Митска птица која након дугог, мудрог живота сама себе спаљује, како би се из пепела изнова родила, заокупља пажњу уметника широм света, већ вековима. Осврнемо ли се само на новију српску књижевност, морамо приметити да у поезији Бранка Миљковића феникс заузима важно место, обједињујући у себи два најзначајнија симбола овог песника: ватру и птицу. Спајајући хераклитовску ватру која се „с мером пали и с мером гаси” и која није само прапочело, већ и непрестано обнављање живота, са идејом о слободи и узлету, превасходно духовном, наш неосимболиста у свом фениксу чува тек бледо сећање на мит.

Другачије је то код Борислава Радовића који се враћа изворииштима мита о птици која саму себе уништава и изнова рађа и тако стиже до древног Египта и феникса који је тамо био назван *бену*, што значи *светлети*. Бену је на више начина везан за светлост, чији су извори са једне стране ватра, а с друге Сунце, толико значајно старим Египћанима. Те тако феникс поприма значајне одлике соларног митолошког бића, што је од посебног значаја за Радовићеву поезију. У сваком случају, како је записао овај песник у есеју *Једначина живота и штошта друго* у којем се нашироко бави пореклом ове птице и њеном распрострањеношћу у митологијама разних народа, феникс се „толико одомаћио на свим географским дужинама уобразиље”, да су примери његовог митског или уметничког постојања неисцрпни. Тој неисцрпности се придружио и Оливер Јанковић, својим романом *Сага о фениксовој смрти: мозаички мултиарт роман у 42 сцене.*

Пре него што се поново вратимо насловном симболу, морамо разјаснити крајње неуобичајен поднаслов. Најпре да видимо, зашто овом роману у потпуности одговара поређење с мозаиком. Управо због тога што свако од четрдесет и два кратка поглавља представља само каменчић који сам за себе не значи много, али уклопљен у целину представља важну спону, драгоцени додатак без којег лепота довршеног мозаика не би била могућа, нити би жељена слика била потпуна.

Технику мозаика, аутор је комбиновао са техником филмског кадрирања, па су поглавља овог романа кратка, сцене (управо те 42 сцене које у поднаслову помиње) испреплетане су, као и угао посматрања. Притом, стичемо утисак да је „недремано око камере” (послужићемо се синтагмом Ивана В. Лалића) уловило сваки важан детаљ стварности, па чак и оне надстварности, која је тако блиска Виториу де Сики, али и Булгакову, Салвадору Далију, као и многим другим уметницима у најразличитијим сферама уметности. Свако поглавље је нови кадар филма који се док читамо, одвија пред нашим очима. Иако Јанковићеви описи нису опширни, и својом дужином не би оптеретили дидаскалије каквог драмског текста, они су у својој поетичности толико сугестивни, да нас спонтано наводе на, ингарденовски речено, конкретизације места неодређености. Јер када писац каже, да парафразирам, како се сутон боје меда лепи за кровове, нужно видимо (истовремено и осетимо!) жар летње врелине, спарину на којој се једва дише, тела лепљива од зноја. Само неколико пажљиво изабраних речи, понекад у синестезијском, понекад у метонимијском односу, омогућавају широк кадар, који ће се тек касније сузити и фокусирати на неку мансарду, скучену вешерницу или груди госпође Помпеје. Скоро свака сцена започиње кратким описом који нас уводи у доба дана, најчешће и годишње доба, углавном је то пролеће, али упркос тим репетицијама, увек откривамо нешто ново. Дани се не понављају, свако јутро је изнова свануло, сваки сумрак под својим теретом повија леђа. То је могуће дочарати само захваљујући непоновљивости сваког Јанковићевог описа, који у својој сажетости и стилизацији често прелази у поетску прозу.

Већ из овога се може назрети зашто је аутор у поднаслову назначио да је реч о *мултиарт* роману. Али мултиуметничке споне у романескној грађи овог романа су знатно комплексније. Густав Малер је рекао: „Симфонија треба да буде као прича, симфонија треба да садржи све". Роман *Сага о фениксовој смрти*, заправо је прича која попут симфоније, компоноване за велики оркестар, у којем час чујемо само гудачки састав, час се огласи обоа или загрме заједно сви инструменти, од става до става мења динамику, али не и препознатљиви рукопис. У себи садржи повест векова сагорелих да би живот ипак био могућ, историју града који се безброј пута рушен изнова уздизао; садржи, како би Малер рекао *све*, све што му је потребно да заокупи пажњу својих читалаца, чак и онда када нису сигурни да знају зашто је нека соната у оквиру симфоније била одсвирана, зашто је „око камере" захватило живот баш из те перспективе и да их наведе да детективски памте детаље, како би и сами допринели склапању мозаика.

Да све буде компликованије, али и занимљивије, свака од 42 сцене филма што га заједничким снагама режирају писац и његов читалац, дакле, свако од 42 поглавља романа, уместо насловима означена шифрама (лако их можемо одгонетнути захваљујући томе што нам је писац на почетку романа дао једноставни алгоритам дешифровања) као мото имају наслов неког уметничког дела. Некада је реч о Вивалдијевим, Моцартовим, Бетовеновим или Баховим композицијама, перуанској народној музици или *Жутој подморници* о којој су певали Битлси. Некада смо, пак, усмерени на филмове, углавном италијанског неореализма, којем би, да је заиста филм, уместо што је роман, ово дело било необично блиско. Није запостављена ни ликовна уметност, па смо упућени на дела бројних сликара: од фреске у Помпеји преко Шагала, Кандинског, Салвадора Далија, до Ђорђа Крстића или још млађих српских сликара. (Смернице ка скулптурама су знатно ређе, али није заобиђена Микеланђелова Пиета, мото поглавља у којем сусрећемо мртво тело предозиране наркоманке.)

Какву улогу има овако конципиран мото? Он је првенствено намењен сладокусцима који се радо поигравају са интертекстуалношћу. Док са једне стране роман одише неком лакоћом, која обећава проходност кроз његове странице без већих оптерећења, с друге стране се може рећи да је једним делом писан само за посвећенике (*само за лудаке,* наметну ми се нехотице један Хесеов поднаслов из романа *Степски вук*). Награђује Оливер Јанковић ерудицију, или скромније речено, обавештеност својих читалаца, па својим мотоима скреће пажњу на везу одређеног поглавља са неким другим уметничким делом.

За настанак термина *интертекстуалност* заслужна је Јулија Кристева која је рекла да „аутор живи у историји, а друштво се уписује у текст”. Јанковић назнакама које воде ка интертексту управо упозорава на који се начин „друштво уписало у његов текст”. Кристева је интертекстуалност сагледавала као одбацивање једнозначности и структуралне затворености текста, јер се захваљујући присуству цитата отвара дијалог са традицијом, али и дијалог са културом, при чему је евидентна „апсорпција и трансформација другог текста”. Но она није била спремна да уочи могућност да као подтекст послужи нешто што није из сфере књижевности. Такво проширивање граница подтекста на дела осталих уметности, па чак и друштвених појава, сматрала је неприхватљивим, па се због тога и одрекла термина који је сама измислила, стварајући га од латинске речи којом се означава *уплитање*. Ипак, морамо приметити да писци у своје текстове не упличу само текстове својих претходника, већ и бројна дела других уметности (захваљујући чему њихов текст постаје продубљенији, сложенији или бар другачије интониран).

Упркос мишљењу Јулије Кристеве, да такав поступак није интертекстуалност, склони смо да домен овог термина проширимо на све уметности, као што то чини и сам Оливер Јанковић. Захваљујући интертексту, пролеће у којем на почетку романа сусрећемо главне јунаке, вивалдијевски је разиграно, док нам се благодарећи кондору из народне перуанске песме први пут скреће пажња на моћну и слободну птицу, која у даљој инстанци призива феникса; врелина коју изазива поглед на груди госпође Помпеје, равна је врелини лаве, док понашање дечкића који их посматра има нешто од Фелинијевог дечака Тите из *Амаркорда*, филма на који смо упућени у једном од поглавља. Тражење спона између назначених уметничких дела и текста представља додатну драж, јер нуди радост препознавања и преосмишљавања, али се аутор ових редова не може похвалити да је уловио сваку нит. О неким делима ка којима води интертекст још увек не зна довољно, или чак не зна ништа, што га нагони да трага за њима и изнова се врати одређеним поглављима. То, свакако, није једини могући начин читања, па чак ни обавезни, али га од срца препоручујемо, јер пружа најпотпуније уживање у најновијем роману Оливера Јанковића.

Већ је поменуто постојање алгоритма за дешифровање кодова који нам од поглавља до поглавља олакшавају сналажење у читању романа кроз који се смењују две паралелне фабуларне нити (иако само једна носи назив *линија фабуле*, паралелни ток фабуле представља и *линија срца* у којој пратимо амбициозну студенткињу Сузану). Оне се преплићу са једном бескрајном причом — сличицама из разних сфера живота једног града, од најбогатијих слојева друштва којима је проблем да се одлуче на који пријем поћи, преко средњих слојева, омладине чије се журке завршавају оргијама, па до проститутки и просјака. То је *линија Београда*. Она и започиње на најрепрезентативнији начин — у аутобусу који саобраћа на некој од градских линија. Најзагонетнија је *линија објаве Феникса* којој је дато мало простора. Тек три поглавља означена су овом шифром. Али баш у та три поглавља налази се кључ за читање овог романа. Иако није директно поменут, захваљујући овим поглављима, а нарочито последњим од њих, интертекст нас води Булгакову и његовом роману *Мајстор и Маргарита*.

Све четири линије романа се поступно сливају у једну, иако у почетку делује да међу њима не може бити додирних тачака. Најпре се права *линија фабуле* окрзне с кривом *линијом објаве Феникса*, творећи тангенту која ће бити пресечена *линијом срца* и малим Сузаниним аутомобилом који се у правом тренутку нашао на правом месту, пружајући шансу девојци која и не зна шта је срце, да провири у сферу духовног. *Линија Београда*, пак, није само једна, то је мрежа линија налик на паукову, која у себе сажима све.

На крају, треба открити зашто смо Јанковићевог Феникса, поредили са фениксом који се јавља у поезији друге послератне генерације српског песништва, а не фениксом у неким прозним остварењима. Као и код поменутих песника, у роману Оливера Јанковића феникс се више јавља као симбол, него као лик. Његова метафоричност, сажета у цикличном гашењу и паљењу ватре, у смени живота и смрти, која није могућа без одређене жртве, симболика је и града у којем се радња одвија и који би на свој грб требало да стави знак феникса, јер је упркос жртвама увек успевао да се изнова роди.

др Драгица Ужарева

Оливер Јанковић рођен је 1957. године у Београду где је завршио студије Славистике на Филолошком факултету. Пише поезију, прозу, драме и радио драме за децу и одрасле. Бави се књижевном критиком а пише и афоризме и кратке сатиричне форме. Објавио је следеће књиге: *Мит и завичај* (2000, монографија, коаутор), *Морска звезда* (2000, приче за децу), *Распродаја душе* (2005, приче), *Глас ствари* (2008, песме за одрасле), *Талија и Мелпомена* (2010, песме за одрасле), *Два реквијема и прегршт живота* (2015, песме за одрасле), *Духовитост је дрскост која је стекла образовање* (2018, афоризми и сатиричне приче, коаутор са Благом Јанковић), *Срећан крај* (2019, роман за децу), *Сага о Фениксовој смрти* (2020, роман, друго издање 2023), *Антикварница* (2022, приче), *Тајанствени случајеви инспектора Тражића* (2022, роман за децу); драмска дела: *Мајор Гавриловић* (монодрама, Народно позориште Сомбор 2001), *Најважнија унука на свету* (монодрама за децу, Нови Сад 2001), *Дискреција загарантована* (монодрама за одрасле 2007), *Мој деда Хогар* (позоришна представа за децу, Београд 2018), *La Madalena* (радио драма двојезично издање енглески/српски 2020). На Радио Скопљу, Радио Београду и Радио Новом Саду емитовано му је дванаест радио драма за децу и одрасле. Члан је УКС-а и БАК-а.

Добитник је награде *Адам Мицкјевич* за укупно стваралаштво.

Оливер Јанковић
САГА О ФЕНИКСОВОЈ СМРТИ
Друго издање

Лондон, 2023

Издавач
Globland Books
27 Old Gloucester Street
London, WC1N 3AX
United Kingdom
www.globlandbooks.com
info@globlandbooks.com

Насловна фотографија
Martin Marek
(https://unsplash.com/photos/a-fire-in-the-middle-of-a-field-
with-trees-in-the-background-90oGg-MNLZk)

www.ingramcontent.com/pod-product-compliance
Lightning Source LLC
Chambersburg PA
CBHW070445170726
48291CB00005B/1601